伸出蘭花指

——對一個男旦的陳述

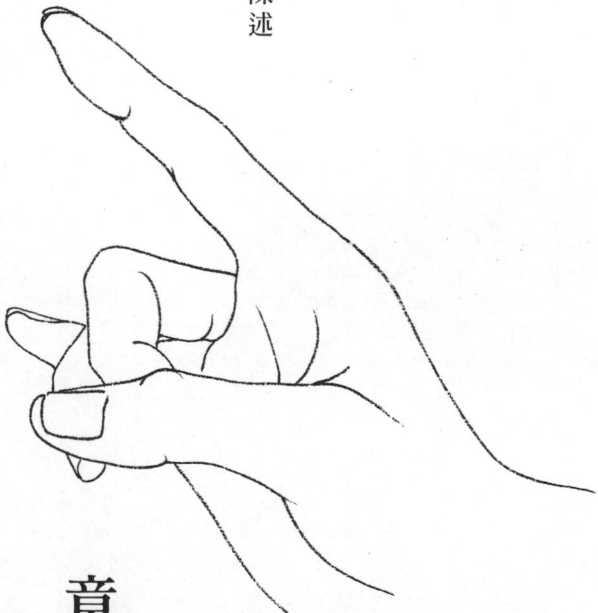

章詒和

段目

一段

玲瓏美玉

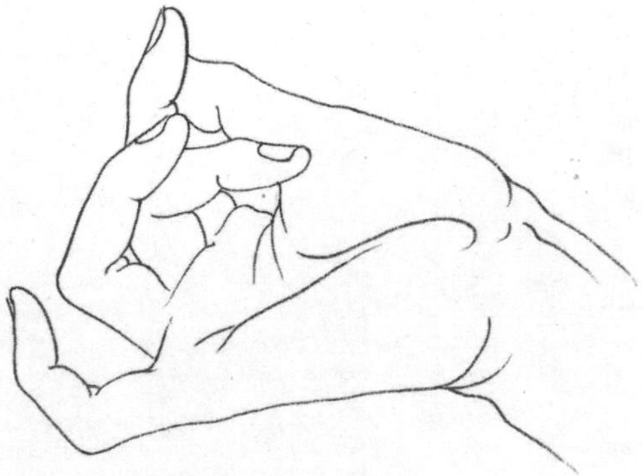

他是個唱戲的，男旦。

什麼是男旦？就是男的演女的，臺下是男人，上了臺是女的。知道梅蘭芳吧？梅蘭芳是男旦，同屬一個行當⁂。

袁秋華出生在一個小鎮，父親開了個不大的茶社，鎮上人管他叫袁掌櫃，母親廖氏，家庭主婦，職責是侍奉老人，照料孩子。

茶社坐落在一條南北巷子的中段，最明顯的標誌不是懸在屋簷下的「袁家茶社」四字布簾，而是門前一棵孤零零的櫸樹，血櫸。樹體高大，樹幹通直，樹葉顏色能由春之綠黃變為秋之紅褐，賞心悅目。關於櫸樹，有個傳說：「櫸」、「舉」同音，古代天門山有個秀才屢試不中，妻子為激勵心志，在石上種櫸。有一年櫸樹和石頭長在了一起，秀才也中舉歸來。「硬石種櫸」與「應試中舉」諧音，乃祥瑞之兆。這個故事流傳開來，整條巷子的人都很珍愛這棵櫸樹，袁家人就更不用說了。

茶社分上下兩層，樓下賣茶，樓上為家，樓上樓下以木梯相通。儘管日子過得不大富裕。但茶社人來人往，還是熱氣騰騰的。對那些沏一杯茶能坐上半晌的老茶客，袁掌櫃一點不嫌棄，哪怕杯子裡沒了茶色，也是笑呵呵往裡摻開水。客人稀疏的時候，便一旁小憩，充當聽客。茶社是個小社會。你看吧，相親的離婚的，說生意的，討債的，求職的，斷是非的，鬧分家的，兄弟幹架，父子失和，要打官司的，應有盡有，形形色色。茶客們神態各異，或生龍活虎，或悠閒自得，或理直氣壯，或吞吞吐吐。精於世故的袁掌櫃聽上一陣子，大抵能明白個五、六分，當然絕不往裡「摻和」。他非常清楚生活中最重要的事，就是眼下做的事；最重要的人，就是和你在一起的人。

和他在一起的人有兩個，一個是他的妻子廖氏，一個是他的兒子。兒子生於立秋，取名秋華。孩子如一道神賜之光破空而來，照得他心中溫暖又明亮。為了有個好前程，把兒子送進小學讀書。伶俐的秋華似乎不喜歡識文斷字，而是喜歡湊熱鬧，看戲、聽曲兒、唱歌、跳舞。伴隨著這些愛好的是兒子逐漸變化的樣貌。原本是個端端正正的小男孩，漸漸地柔弱纖細起來，唇薄、腰纖、窄臀，眸子如碧潭，手指如玉琢，越來越掛「女相」。最讓袁掌櫃生氣的是，戲班子來這裡唱戲，兒子就瘋了。天天泡在破舊的戲院裡，回到家就照著鏡子比劃個不停，還擠眉弄眼的。

一天，袁秋華放學回家，作業也顧不上寫，就對著鏡子比劃開了。母親上樓瞧見，生氣地從後背打了他一把掌，說：「以後不許你看戲。」

秋華回敬道：「不讓我看，我就離開這個家。」

廖氏臉一沉：「你敢！」

「你看我敢不敢！」見母親驚愣的表情，秋華立刻依偎到母親懷裡，笑嘻嘻地說：「媽，我騙你的。」接著，便央求母親依照戲衣的水袖，給自己的小褂兩個袖口各自綴上一截白布，還說：「白布越長越好。」

一陣糾纏，廖氏答應了，但很快就後悔了，因為兒子對著鏡子比劃的時間越來越長，把接在袖口的白布甩來甩去，功課一點不做。有一天，袁秋華從白布袖筒子裡伸出蘭花指。見此形狀，廖氏大驚：難道兒子背地裡去戲班學戲了？

袁秋華即將小學畢業。

舉行畢業典禮的頭一天，袁秋華特別興奮，先讓母親給自己理髮，後提出全家去照相館拍照。他說要拍兩張——自己單獨照一張，全家合照一張。袁掌櫃立刻答應下來，廖氏被感動得直想哭。

幾天後，袁秋華說有課本忘在教室，要取回來。到了下午，沒見孩子回來。黃昏時分，還不見蹤影，夫妻急得團團轉。

袁掌櫃突然想到了照相！為什麼兒子破天荒地要和父母照相？這個「合影」或許是個預告，「合」預示著「分」。他飛奔至樓上，跑到兒子的床頭，猛地把枕頭一掀，見一張字條靜靜地躺在那裡。上面只有一行字，工工整整的：去唱戲，別找我。將來會像櫸樹。

廖氏眼前一黑，暈了過去。袁掌櫃哭都來不及，趕忙把妻子抱起放在兒子的床上，飛奔到鎮上的藥鋪請唯一的坐堂醫生。醫生看時，廖氏已經清醒。之後，開了藥，一再寬慰道：「身體無病，只是精神打擊太大，慢慢調養，自會痊癒。」

茶客們在知道袁家孩子失蹤的消息後，送來許多問候，說了許多同情和安慰的話，覺得廖氏一時做不了家務，還送來包子、炒飯、點心、糕餅。晚上，兩口子誰也沒心思吃飯，茶社空蕩蕩的。只有夜空淒清的月色和灶頭吞吐的火苗，相伴著這對傷心欲絕的中年夫婦。

袁掌櫃親手煎好藥，看著喝下。又勸妻子早早將息。安頓好後，他給自己沏一杯茶，面對眼前的櫸樹，陷入自責。自己平素忙著給客人沏茶倒水，卻毫不留意兒子的行為舉止。當掌櫃還行，做父親就太差了。「出走」乃天大之事，想必「出走」

前是有徵兆的，為什麼自己沒有察覺？他不由得想起在秋華放學後，常有個身材修長、髮鬚齊整，臉色蒼白，寒氣隱隱，身著一襲長衫的中年男人來茶社喝茶。這位茶客總是一個人來，也不怎麼和身邊茶客搭訕，頂多點點頭，算是打了招呼。倒是那雙有誘惑力的眼睛常常落在兒子的身上，有時還對著秋華笑笑。兒子好像也有所感應，有意繞到他的身邊，二人私語。有時，那人興致勃勃地像是在給兒子說故事，連說帶比劃。秋華聽得兩眼發光，全神貫注。

秋華的出走是不是與他有關。那麼，他是誰？

袁秋華上路了。他真的隨那位穿長衫的茶客，進了戲班。

茶客姓方，叫衍生，是戲班的「總講」。什麼叫總講？這是戲曲的一個術語，即戲曲演出腳本的俗稱。舊戲班裡排新戲，先要有人打本子（即編劇）。本子定下，限於條件，不可能手抄發給每個演員。於是，就有個「抱本子」的人主持排戲，這就類似後來的導演。一齣戲的唱詞、科白、動作、唱腔等，多由他來掌握和貫通。這個「主持人」就叫「總講」，他還負責把每個角色的唱念以及與他人的銜接處，抄成單子，發給演員，這叫「單講」。在大的戲班裡，一般都有「總講」（或叫「抱總講」，「抱本子」），規模比較小的戲班就未必有了。「總講」說戲，導戲，是內行中的內行，不是「角兒」的角兒。

方衍生原本也唱戲，工老生，身段好，擅表演，應變能力強，平素能忍讓，遇事有主意。戲班遇到一些麻煩，常由他出面調解。後來「倒倉」（即變嗓），便不再登臺。方衍生的弟弟叫方再生，是戲班的頭牌，領軍人物，旦行，工青衣。弟兄二人撐起了「方家班」，走南闖北，也算平順。方再生什麼都好，就是身體不行，老是咳嗽，臺上精神百倍，臺下疲憊不堪。吃銀耳，喝蔘湯，怎麼滋補也不行。出現這個情況已有數年，方衍生憂心忡忡，怕他病倒；他倒了，戲班就倒了。所以非常留意網羅人才，幾年下來，也遇到一些。或者是嗓子好，但扮相不行；或者是扮相好，嗓子又不行，再不就是嗓子扮相都還可以，但偏偏不是塊唱戲的料。

來到這個小鎮，方衍生發現每晚唱戲總有一個小男孩站在戲園子的旮旯或牆角，一動不動、目不轉睛地盯著舞臺，盯著演員的一招一式、一舉一動。有時還情不自禁地比劃，那伸出的手指，竟能捏出一個蘭花形狀。眼睛也是靈動的，一開一合，透出光澤。

方衍生暗自歡喜。隨即打聽到，這孩子是「袁家茶社」老闆的兒子。趁著過場戲的空檔，他把站著看戲的袁秋華領到前排的一個空座位跟前，說：「你坐在這兒。以後再來看戲，就坐在這兒。」

袁秋華不敢坐。方衍生雙手把他按在座位上。說：「這是我的座兒，沒人轟你走。」

有一點空閒，方衍生便過來看看他。

散戲後，方衍生已經在外等著。這讓袁秋華很意外，也很不安。連連道：「謝謝叔叔。」

「我叫方衍生，在戲班裡說戲。他們都叫我方爺，你也叫我方爺好了。」

「方爺，我該怎麼謝您哪？」

方衍生要帶他去小館吃夜宵，袁秋華神色惶恐：「我看戲都是背著父母跑來的，要趕快回家。」

「那我送你。」

送到離茶社不遠，方衍生已經把這個孩子摸得清清楚楚。重要的信息是袁秋華想學戲，想唱戲。

之後，約他放學後到戲園子後臺去學戲，晚上可以看戲。一個月下來，方衍生覺得自己的感覺準確，判斷無誤：袁秋華是塊戲料。要扮相，有扮相；要嗓子，有嗓子；體態輕盈，眉目靈動，如一塊玲瓏美玉。

好比莊稼，過了小滿，接近夏至——可以收割了。方衍生策劃了「出走」，且成功出走。

⁂行當，又稱角（ㄐㄧㄠˇ）色行當。是中國戲曲特有的表演系統，又是形象系統。在戲曲裡，將扮演的人物劃分為規範化、程式化、藝術化的類型。這個類型既有性格、性別、年齡、職業的分類，又是一套表演的範式、程式和技術技巧的規則。在舞臺上用服裝、化妝加以區分。有生、旦、淨、末、丑五個類型。

二段

雌男登場

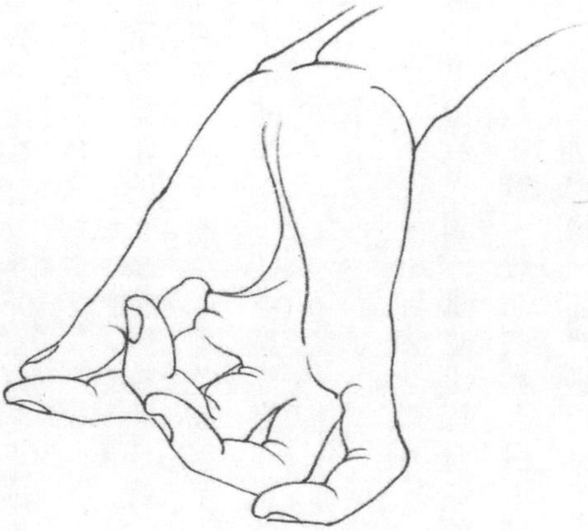

方衍生給他熏衣剃面，傅粉施朱。果然！男有女態，楚楚可人。魏晉南北朝雌男登場，潘岳、衛玠之輩以風擺楊柳之姿，脣紅齒白之貌和不男不女之態，成為人中另類。有人創新一字「嫑」，音「ㄐㄧ」，即專指男有女態者。

方衍生讓他工花旦，兼修青衣。一般來講，唱花旦戲的，多是因為嗓音條件有限，才不得不以做工見長。但是，如果唱花旦的有個好嗓子的話，那就厲害了！袁秋華的嗓子並非多麼好，但夠用。讓方衍生興奮不已的是——任他說什麼，袁秋華都能記住，也都學得像。

是塊料，好料！

袁秋華愛看方再生演戲，喜歡那頭上堆紅疊翠的飾物，喜歡那身上描金繡鳳的襖裙。更讓他沉醉不已的，則是伶人光豔動人的容貌和夜鶯一般的歌喉。目不轉睛地看，心裡暗下決心：將來橫豎也是要像方再生那樣，穩穩地站在舞臺中央，自己如花一般怒放，觀眾似草一般倒下。袁秋華由此開始了自找苦吃的日子，頂要緊的一關就是「蹺功」。一個花旦在舞臺上的表演基本要求，就是能「飛」起來，眼神要「飛」起來，腰身要「飛」起來，腳下要「飛」起來。尤其是腳下，這就需要掌握戲曲的特技：「蹺功」。

什麼是「蹺功」？它源於效仿古代女子纏足的步態，據說纏足始於楊貴妃。唐王喜歡女子腳前面尖尖的，猶如天邊新月。藝人們為製作出這樣的效果，讓演員在兩隻腳的腳底各縛一塊小腳形木板（即蹺板），三個腳指頭嵌在這個又硬又小的木頭疙瘩裡，外套繡花鞋，用大彩褲遮住真腳，只露出前面一點點「小腳」。先練「耗蹺」，即綁上蹺後在平地上站著，耗著，屏氣提神，找準平衡。平地上站穩了，就到三尺高、三條腿的三角凳上站著。「耗蹺」過關了，就練「走蹺」（走圓場），要求一隻腳的腳尖兒必緊跟另一隻腳的腳跟兒。先慢走，再快走，再跑起來。要跑二十、三十圈兒。袁秋華每天從早上就綁上蹺板，走碎步，跑圓場，打靶子，打出手，真要一番痛苦隱忍之功夫。可憐一雙柔嫩的腳，從最初的紅腫，到腳趾骨、踝骨逐漸變形，那鑽心入骨的痛，唯有自己知道。說來也怪，踩上蹺後，人就變了。變得體態娉婷，翩如彩蝶，彷彿跟女人一樣，極具性感。

戲曲的精粹在舞臺，舞臺的精粹在表演，表演的精粹則全部儲存在一個一個的劇目裡。所以，培養戲曲藝人的方法與途徑，就是說戲、排戲、演戲。即師傅一齣一齣地說，徒弟一齣一齣地學。一齣戲學下來，戲裡的「玩意兒」就都會了，看戲曲藝人的本事有多大，就看就他（她）會唱多少齣戲。像梅蘭芳、程硯秋，肚子裡都是幾百齣戲。袁世海是架子花，也能演三百多齣。

學會了，便要登臺唱，吃開口飯。袁秋華演的第一齣戲是「金蓮調叔」，又叫「打餅」。這是一齣水滸戲，風情戲，主角潘金蓮。說的是武松來到武大郎家中辭行，大郎外出賣餅，家中只有潘金蓮一人。潘氏早對武松存愛慕之心，趁大郎未歸，借模仿丈夫打餅過程，調戲武松。武松怒斥潘金蓮奪門而去。這個劇情，觀眾非常熟悉。但卻喜歡反覆觀賞。因為不同演員對動作、表情、臺詞等細節都有不同的呈現。劇中的打餅表演從「和麵」開始，接著是「揉麵」、「擀麵」，然後是「揪麵團」、「打餅」、「按餅」——行雲流水般的虛擬動作，讓觀眾活生生看到潘金蓮一雙纖細靈巧的手，如何把一團麵變成一個餅。最後還要用火鉗把餅送進爐膛，待餅烤好，夾餅出爐。為取悅武松，她還神氣十足地學武大賣餅。而貫穿其間的「抖肩」、「聳肩」、「吹眼」、「媚眼」、「飛眼」、「蕩眼」的表演，則窮盡了一個浪蕩婦人勾引、挑逗、調戲男人之能事。

袁秋華一雙眼睛如水洗過，靈動又幽深。那手兒好似乍開的玉蘭。帶著些許稚氣的聲音，則甜脆得有如燕雀婉轉而鳴——一顰一怒都惹人憐惘，撩人心魄，直將觀眾心底深處的熱血攪得沸騰起來。一登臺就是冉冉升起的新星，瞬間便掛到了正中央的圓月。圓月之下，則是看客們一張張興奮異常的臉。

演武松的藝人叫張萬興，雖不是頭牌，也非二路，但會的戲多，故而處處少不了他。常給角兒配戲，張萬興很能看出「角兒」的長與短。比如班主方再生，唱功過硬，做工到家，唱戲從來都是收放自如，風調雨順，從頭至尾沒什麼可以挑剔的地方。但眼下這個姓袁的，倒讓他暗自吃驚：這小子可不一般！哪兒有氣口，哪兒換節奏，也是不差分毫。心眼蓋過板眼，激情超過劇情。初次登臺就知道如何討俏，有一股埋在骨子裡的風流。他下場的時候，撇了一眼「把場」的方衍生。見他滿臉興奮，好像還不止是興奮。

為慶賀袁秋華轟動性的成功，方再生自掏腰包在離戲園子不遠的飯館，請大家吃夜宵。班主讓袁秋華坐在身邊，親自斟酒，夾魚夾肉。三杯酒下肚，話匣子就打開了，故意帶著醋意地說：「衍生，我是讓你找個替班的，你倒好！弄來個搶我飯碗的。這不是生生地氣我嘛，你說，我是要他，還是不要他？」

沒等方衍生開口，給方老闆梳頭的老戴搭茬了：「你唱你的青衣，他唱他的花旦。誰也礙不著誰。再說了，兩人養戲班，總比一人單挑強。」

乖巧的袁秋華放下碗筷，立即起身，撲通一下跪在方再生跟前，連連說道：「望方老闆多教誨，多栽培！」

老戴本名叫戴文孝，戲班裡的人都叫他老戴，幾乎把人家的名字都忘了。戲曲藝人化妝，一般演員自己動手，角兒則有人操持。老戴就是伺候角兒的，給方再生梳頭。梳頭是細活兒，慢活兒，功夫活兒，還是技術活兒。開戲前兩個小時就開始了。先解下方老闆的外衣和襯衫，換上一件貼身白布衣（又叫「水衣子」）。有人用臉盆打來水。水是溫熱，盆是專用。洗臉後方老闆仰面，等著熱騰騰的濕毛巾輕輕敷在臉上，過一兩分鐘，肌膚潤澤後取下，有時還薄薄地擦一點蜜，為的是要它「黏」。過後，戴文孝從成塊的「粉坨子」捻出一小塊放入手心，從乾淨的小瓷杯裡蘸上幾滴溫水，手指慢捻細揉，待固體狀粉狀物漸漸化開，水、粉調和之後，一下一下地「拍」到方老闆的臉上，腮上的胭脂也是先用胭脂餅加水揉勻，再撲胭脂末。畫眉、畫眼邊是用松木煙屑。戴文孝技法嫻熟，精細又嚴實，最終從他的手下「拍」出一張閉月羞花的粉面。老戴伺候角兒是全方位的。比如見方老闆的圓場跑多了，額頭有汗。人剛下場，他會從側幕遞上一張毛巾，抹去汗珠而不損妝容。見嗓子發乾，他會在方老闆的青花小茶壺裡，放點菊花。

又臨深秋。樹木大多光禿禿的，路邊雜草也掛了霜。雲層越堆越厚，天空染上暗淡的灰色。沒過多久，冷風呼嘯而至，擦過細細的河，掠過彎彎的街，落葉被猛烈的秋風捲揚到空中。接著，冷雨密密實實地下起來，一派蕭索。

晚上要唱《三娘教子》⁂，這是方再生的看家戲，唱功了得：高起來戳得破天，低起來擦得著地。走在街上的方再生覺得渾身不得勁，費力地撐著傘，還是擋不住迎面襲來的風雨，穿的夾衫從外到裡很快濕透。走進戲園子後臺，已是兩眼通紅，一把鼻涕一把淚了。

老戴迎了上去，摸摸腦門：滾燙。趕忙弄了一杯薑糖水，又伺候他躺下。

「今晚的戲，八成唱不了啦！看看能不能找個人替我？」方再生讓老戴趕快告訴方衍生。

方衍生一籌莫展。眼看就要開戲，偏偏「角兒」不行了。這是唱戲最忌諱的事，也是最棘手的事。雙眉緊鎖的他靠在化妝間的門框想了想，過了幾分鐘，把快燒到手指的菸頭甩在地上，用腳「捻」滅。抬頭之時，在夕陽金屬般的逆光中，看見一個身影被勾勒出一道柔美的剪影。

當機立斷！他堵住那道「剪影」，叫了一聲：「秋華！」

「方爺，有事嗎？」

方衍生伸出兩根手指，托著袁秋華細滑的面頰。說：「我跟你說過『三娘教子』，今晚你給我上。」

「為什麼？」

「老闆病了。」

「我不行。」

「行，你得上。不行，你也得上！」語透寒氣，還帶著狠勁。那隻擱在臉上的手死死地擰他的腮。袁秋華嚇壞了，從來沒見過方衍生如此嚴厲。

方衍生掉頭叮囑老戴：「今晚秋華上。」

「他上？唱什麼？」

「他替再生，演三娘。」

老戴吃驚道：「這麼行？一次都沒綵排過。」

「我知道，沒法子啦！都是讓再生的病給逼出來的。老戴，你給秋華往好了收拾，戲不漂亮，人漂亮也行。」

「他還用我收拾？等我把他收拾好，你別動心就行。」

暮色爬上了牆頭，藝人們忙著化妝，彼此開著玩笑。袁秋華從梳妝臺的鏡子裡望著人來人往的身影，又望著自己上妝後粉雕玉琢的面容，輕咳了一聲，亮了亮嗓子，心裡有膽怯與畏懼，但也有慾望和衝動。後者蓋過了前者。

方衍生忐忑不安起來，一個勁兒地喝茶，也不敢看老戴化妝。他突然感到心虛：萬一袁秋華演砸了怎麼辦？

絲絃緩緩響起——

袁秋華扮演王春娥，頭纏一張素色綢巾，戴著銀泡頭面（戲曲旦行所用的頭飾統稱頭面），無繽紛的裝飾，也無濃豔的戲衣，唇不點而紅，眉不畫而翠。舉止端莊，面若冰霜。掩藏在美麗冰面之下，是那青春的朝氣。這個亮相，把臺下的人「鎮」住了。聽雨有雨，聽風有風。當唱到「想起了我的夫好不慘然，春娥女好比失群孤雁」一句，只見袁秋華雙眼濕潤，肩頭微顫，一個哭腔拖了七、八拍之長，由輕到重，含蓄且奔放。他的舉止也頗為得當，手有所指，眼有所顧。觀眾「驚」了，後臺也「驚」了！

一臉得意的是方衍生，激動不已的是戴文孝。他沏了一壺鐵皮石斛，還加了點玉竹和麥冬，祖母綠般剔透，單等袁秋華下場。

站在一旁的張萬興說：「你們瞧呀，人家把伺候方老闆的一套立馬用上了。」

「你要是救場，也能把自己救成一個角兒，我立馬也沏茶點菸孝敬你。」老戴回敬道。

驚喜不已又百感交集的是方再生，當觀眾把流連的眼光停留在那張年輕光滑的臉上，自己才體味到什麼是衰老！他從心裡感謝袁秋華，也打心裡嫉妒。有所謂「唱戲就是唱氣」一說，原來什麼都是命定：要你紅，你就紅；要你病，你就病；要你逆水行舟，你就一生辛苦；要你一帆風順，你就有可能一夜成名。自己就是個唱戲的，也只會唱戲。一旦不能唱了，那就是死期到了。方再生想哭，想說幾句譏諷的話，但仔細一想，又覺得是好事：有袁秋華頂上，可以踏實養病了。然而，聽到觀眾發瘋一般的喝采，聽到同行止不住的誇讚，失落與寂寞一齊襲上心頭。

散戲、卸裝，整座戲園子空蕩蕩。

袁秋華悄悄地登上了戲園子頂上的小閣樓。閣樓是臨時搭建的，裡面堆著雜物，還有一個地鋪，一條薄被，也不知是誰曾經睡在這裡？或者像他一樣，熱鬧之後，想圖個清靜。袁秋華正想一個人靜一靜，躺一躺。

脫去外衣，打算好好睡上一覺。很累很乏，誰知怎麼也睡不著，仰望天邊的浮雲緩慢飄移，袁秋華忽然想起袁家門前那棵孤零零的櫸樹。他覺得把戲唱紅了，與傳說中的「硬石種櫸」無異。自己會好好唱下去，直到披紅掛綠地回家。還要給父母送上金銀，讓一家人街上有房產，鄉下有田產，再找個小廝伺候。想著，想著，袁秋華在睏倦與興奮交替中昏昏睡去。

睡夢中彷彿覺得有個重物壓在身上，他企圖推開，但壓得穩穩的，一動不動。過了一陣，又彷彿覺得有個柔軟的東西，在胸前一點點移動，溫暖而潮濕。他以為是卸妝後皮膚發癢的錯覺。但是當緊閉的眼睛微微睜開，他看到一個人分明伏在自己的上半身，用舌頭舔舐著胸與腹……是方衍生，他的恩師！袁秋華左右扭動，企圖擺脫，但毫無功效。他伸長脖頸，想喊一聲或說句好話，求求師傅別這樣。但方衍生太老道了，用他的嘴死死堵住了自己的嘴，一隻手撫摸袁秋華小小乳頭和胸膛。一切都停頓了，以至於袁秋華都能聽到心口上怦怦的跳動。

一方如果給另一方帶來很多的東西，那很有可能成為統治者和被統治者。方衍生脫去袁秋華的衣褲，看到的是一副誘人而生動的童稚之色：全身光滑，手臂纖纖，細軟的腰，秀頎的腿，以及神色間的那份恓惶。

方衍生激動不已：「你是個雛啊！」

「師傅，方爺——」

「不，叫我衍生。我會陪你一輩子，疼你一輩子。」說這話的時候，眼裡充滿柔情。他讓袁秋華撫摸自己的髮絲。髮絲柔軟，連耳朵也是滑嫩的。

方衍生緊貼袁秋華身後，兩隻手緊扣屁股，不停地捏，搓，揉，拍。又在腰上左擰右扯，上下按壓。

袁秋華問：「你老弄我的腰和屁股幹嘛？」

「腳是根，腰是本，身上勁頭在腰撐。男旦成功的祕密就在臀和腰，它比臉重要。我要把你鬆嫩的屁股收拾得又緊又帶勁，今後登臺，收腹挺胸，伸出蘭花指，一路小碎步，再拋出個媚眼，你就比女人還女人了。」

突然，方衍生對準屁股，拿出下體之物……

「啊？疼呀！」袁秋華叫起來。

「忍著點，快活就在後頭，比搞女人快活。」

天上是繁星，腳下是紅塵。二人幽閉在此，也打開了一扇袁秋華終生的風景。

後來才知道——在戲班裡，師傅「睡」徒弟是慣例，也是傳統。本事大的師傅收徒多，「睡」得也越多，尤其是那些扮坤角兒的小男孩。

過後，袁秋華想：方衍生是自己的什麼人？是在幫你成長的嗎？是在一起娛樂嗎？還是用這個表達愛？

什麼都不是，也都是。

⁂《**三娘教子**》王春娥其夫薛廣，訛傳死於外。夫人張氏和妾劉氏改嫁。她每日織布與老僕薛保茹苦含辛，撫養劉氏所生之子倚哥。倚哥在學中被譏為無母之兒，負氣歸家，不聽教訓。王春娥刀斷布機，以示決絕。經薛保勸解，母子和好。後倚哥得中狀元，一家團圓。此劇又名《雙官誥》。

三段

人活一世 花開一春

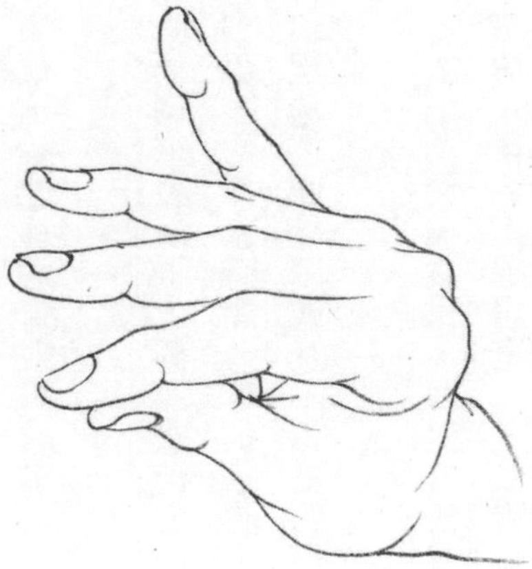

唱山見山，唱水見水。袁秋華自從登臺，技藝如飛一般地長進，很快成了「臺上能站，臺下能看」的角兒。

方再生與他一個青衣，一個花旦；一個重唱腔，一個重表演；一個多悲苦，一個多歡快；兩人相得益彰，觀眾也買帳。方再生得到更多的休息時間，袁秋華收穫更多的表演空間。加之袁秋華天性柔順，從來沒有出現過彼此爭鬥或互不相讓的場面。戲班的收入也是越來越好。

春風得意，一晃數載。袁秋華住進了省城一所不大的兩層磚瓦房。這是方氏兄弟的房子，私產。兩層小樓，一層是客廳、餐室、廚房（含下人的居室），二層是兩間臥室、書房（也用於會客）還有個化妝間。

藝人沒紅以前，都是「跑灘」，今天這兒，明天那兒的。一旦手裡有了幾個銅板，第一件事就是買房；錢更多些，就買更多的房。所以，像梅蘭芳、程硯秋這樣的大角兒，都有多處宅院。

方衍生不同意再買房。說：「買房要花好些錢，往後用錢的地方多了。比如，治病，娶妻。」治病，針對的是方再生；娶妻，說的是袁秋華。

方再生聽得直點頭。說：「我的病治得好、治不好都要買房。我們還要有個更好的房子。我要先走一步，那也是留給你的家當。金條有可能被偷被搶，只有房產和田產最牢靠。」

這話說了沒多久，人就倒在床上爬不來，病情日趨惡化。

一個下午，方再生把戲班主要成員請到自己的臥室。臥室沉鬱而肉感，兩張櫻桃色高背椅子、一個衣櫥、一個五屜櫃。五屜櫃上面有個細頸青花瓷瓶，瓶裡供著幾支紅玫瑰，窗簾為粉色、絲質。牆上掛著他的兩張劇照：一幅是《荊釵記》裡的錢玉蓮，大家閨秀的模樣；一幅是《三祭江》裡的孫尚香，雍容大度的氣質。地下鋪著暗紅色地毯，大大的穿衣鏡立於房間。一盞玉蘭燈開著，半明半暗。圍著床角是一堆雜物，有各色衣服，中式、西式；有帶手柄的橢圓銅鏡，有皮鞋、布鞋、拖鞋；還有鐵皮餅乾桶……戲班的同行見方老闆心窮力盡形枯槁，心中也就明白了七、八分。個個忍著悲傷：「方老闆，方老闆」地喊著。

臥室裡的大床十分氣派，木料顯得陳舊，但葡萄滿枝的雕花還是非常雅致精細。床褥很厚，裹著厚厚的絨布。床頭一側是雜木圓桌，上面擺滿大小高矮不一的藥瓶還有茶壺、玻璃杯及毛巾。床頭另一側站立的袁秋華，滿臉淚痕。

方再生讓兄長扶他坐起，對每個人都仔細端詳，好像要努力記住他們。一陣氣喘，開口道：「人活一世，花開一春。請你們來，是我有事要交代。咱們是唱戲的，時來與君王同坐，運敗與乞丐同眠。我是不行了，即使病能好，也唱不了戲了。弄個戲班子，全仗精神，沒日沒夜，不得有半點疏懶。為了酬謝你們跟著我受苦受累，也算我的一點心意，送每人一百大洋。我死後，你們可以留在戲班，袁秋華已經紅了，你們以後掙的錢只會多，不會少。現在國民黨、共產黨打得正歡，也不知誰輸誰贏。但是不管輸贏，誰都得聽戲。」說到此處，已是嗚咽不止。

「不走，我們不走。」每個人都表明自己不會離開戲班。

「還有件事，我要說兩句。」方再生又道：「我已經讓袁秋華搬到這兒住下。衍生和他是師徒，賽過父子和夫妻。戲班裡的事，明的、暗的，都不用我挑明，你們心裡也清楚。」

「我們明白。」張萬興的話代表了大家。眾人給方老闆鞠躬、作揖，依依不捨地與方老闆告別，相繼離去。

暮靄很快吞沒了黃昏，夜色降臨。方再生沒吃晚飯，只喝了一小碗銀耳羹。飯後兄弟對坐，一個靠在床背，一個坐在床邊。方衍生手裡拿著一個剝好皮的橘子。

方再生說：「快把橘子吃完。你從衣櫥裡拿出皮箱把它打開。」

咖啡色牛皮箱很小，方衍生拉過靠背椅，將它放在上面。說：「等你病好了，再看這些物件也不遲。」

「不，現在我就要看。」拗不過他，把箱子打開。

方再生又說：「你把裡面的東西都放到我懷裡。」

方衍生舉起皮箱向他懷裡輕輕一抖落，大大小小的紙片子灑了下來。裡面有信箋，有照片，有合同，有借條，有欠條，雜七雜八的。

方再生揀出幾張合同書遞給兄長，說：「燒了吧，都沒用了。可以留下一張讓秋華看看，以後就該由他簽合同了。」

「你想得太多。」

「我想得正是時候。」接著，他從牛皮信封裡，小心翼翼地抽出一張照片，鄭重其事地遞給兄長，方衍生雙手接住：這是一張蔣委員長的正裝照，攝於重慶，那時方家班也在那兒唱戲。不過，陪都最紅的藝人不是他們，是厲家班。班主厲彥芝，主要演員就是他的子女：厲慧斌，厲慧良，厲慧敏，厲慧森，厲慧蘭等，個個功底紮實，生龍活虎。最出色的當屬老二厲慧良，工老生兼具武生。沒法子，誰都喜歡他。蔣緯國喜歡，孔二小姐喜歡（有人說女扮男裝的孔二很像厲慧良），還有一個人也喜歡，他就是蔣介石。有一天厲氏兄妹五人為蔣公演《八大錘》，戲演完，蔣介石給厲彥芝留下一冊摺疊式紀念冊。翻開一看，上面寫著「慧良君藝術超群」。

蔣中正、毛澤東二人在重慶談判。由大紅大紫的厲家班給兩位大人物演出《群英會》，演出轟動全國，爾後戲班的演出盛況，一發而不可收拾，特別是連臺本戲《西遊記》給戰爭陰影中的重慶市民多少帶去一些快樂。厲家班還參加了一些義演，救濟一些失業的藝人。蔣中正為了表達對藝人的謝意，曾送去一些簽名照。有了名氣的方再生，也得到一張。

一一過目後，方衍生合攏皮箱，重新放進衣櫥。說：「你躺下吧，也該睡了。我下樓再跟秋華說說身段。」

「別走，我還有話。」方再生用憂戚的眼神望著兄長，鄭重道：「你要給秋華娶個媳婦。」

「你怎麼啦？」方衍生伸手摸他的前額。

「我沒說胡話。」

方衍生有些意外，眼神躲躲閃閃的，表情也有些不大自然：「這事兒嘛，以後再說。你先養好病。」

「我怕以後沒時間說了。因為全靠著你們兩個支撐著戲班，現在就要有人伺候。再者你倆的關係，有我在還不是個麻煩事兒。以後真的就難說了，太亂。」

「這事我記下。你就別管了。」方衍生揮揮手。

「不，你馬上得答應我。」

經不住苦苦哀求，方衍生把頭靠在弟弟的胸前。說：「我答應，我什麼都答應！」

「你把老戴請來，我有話跟他說。」

「你先跟我說，行嗎？」

「讓秋華娶他的女兒！」

「啊——」方衍生驚呆。

別看老戴在戲班是伺候角兒，回家可是別人伺候他。這個「別人」，就是他的女兒戴淑賢。二十出頭，身材中等，皮膚白皙，姿色平平。母親去世早，戲班雜事多，她很早就懂事了，能識字，能算帳，還能燒一手家常菜。老戴把女兒護得「風雨不透」；女兒把老爸把弄得衣來伸手，飯來張口。別看錢不多，日子可會過，二兩肉能弄出三個菜。老戴喜歡喝點小酒。散戲歸家，小桌上總有一杯酒和花生米，豆腐乾之類的下酒菜。酒慢慢吮咂，花生米粒粒細嚼，即使酒劣菜粗，也能喝上半晌。碰上趕大集。他從街這頭走到那頭，東看看，西瞅瞅。路過菜館，裡面飄出陣陣酒香，左右徘徊一陣，然後轉身離去。

戴淑賢十九歲那年，有人上門提親。男方三十出頭，在省城一家飯館當廚子，手藝還不錯。廚師跟老戴沾親帶故，喜歡看戲。往來久了，看上老戴的女兒，覺得她脾氣好，明事理，能幹活兒，是個靠得住的、持家度日的女子。人漂不漂亮關係不大，再好看的女人，老了都醜。從說媒開始，一路順暢，很快結了親。

藝人地位低下。老戴心想，自己又是個伺候藝人的人，能碰上一個落腳省城的正經廚師，就算不錯。戴淑賢自幼孝順，經過勸說，也就點頭了，反正女人早晚都是這條路。婚禮就在廚子幹活的飯館辦的。擺了兩桌，請來雙方的親友，沒花多少錢。

婚後日子平穩，夫妻和睦。廚師體力好，精力旺，每晚不忘給妻子帶點好吃的，素食如青菜包，葷菜如醬牛肉。再晚回家，也要妻子吃上兩口，自己則用熱水擦洗身子。一切收拾妥當，就該上床了。夫妻感情算不上有多深。但兩人肉體碰撞在一起，就是波濤萬丈。廚師在振奮中反覆說的一句就是——給我生個兒子！

遺憾的是，沒過幾年，廚師在夜歸路上死於車禍。車是軍車，一輛美式吉普，司機急於開赴前線，不小心撞倒匆匆趕路行人。車上士兵發現死者腰間揣著好幾個熱包子。善後事宜由軍隊包辦，令戴淑賢記憶深刻的是一個穿戴整齊的軍官太太登門慰問、撫恤。這輛吉普是她丈夫的專用車。

她走時對戴淑賢說：「等打完仗，我一定再來看你。」說完，拔下金戒指塞到戴淑賢手裡。戒指呈方形，戒面背後刻有三個字：李群玲。

守寡的戴淑賢安心服侍父親。她的平靜讓人不敢相信這個女人剛剛經歷了「喪夫」之痛。

生活的故事還沒有展開，就這樣銷聲斂跡？

四段

玩男旦的都是男人

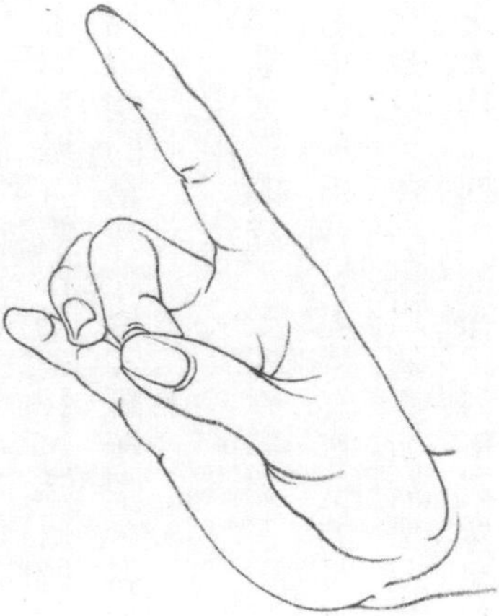

國運艱危，人心浮動，不承想卻是娛樂、餐飲存活的好機會。有錢的、無錢的，發跡的、破落的，不同程度、也不問深淺地沉湎於玩樂。即使二流班子演出，也能上個五、六成座兒。擺個地攤，拿個大刀比劃兩下，擰幾個「旋子」，也能圍攏一圈人。還有耍猴、魔術、拉洋片、買大力丸，要啥有啥。看不到前程，那就圖個眼下痛快——其實，單用這句話也不能完全領略那複雜的意味，以及玩樂中含著大廈將傾前的悲涼淒愴。

袁秋華挑了大梁，方衍生鼎力相助，技藝精進，真的成了一塊玲瓏美玉。繁華的街頭，他的海報隨處可見。媚態的劇照，吸引徘徊於街巷、無聊又無望的行人。掏錢走進戲院，果然名不虛傳！現在的袁秋華在臺上，幾乎可以隨心所欲了。心思一動，即興來個小動作或耍個小腔兒，頓時臺上人物「活」起來，臺下觀眾也跟著「瘋」起來。「一身的戲在臉上，一臉的戲在眼上。」本就是丹鳳眼，眼角微微上挑，觀眾哪裡還經得住他流目顧盼？至於風情戲，更是了得。身姿嫵媚，情態撩人，即使紅唇微張，也讓人覺得性感。登上新式劇場，他也像個京劇名角兒氣象萬千，能夠前後「雙出」（前花旦、後青衣）。和別人搭檔頗為默契：哪兒有氣口，哪兒有停頓，哪一句幽深探底，哪一句火光沖天，都能恰到好處。在全然掌握了劇種的基本規範和程序之後，心思大多放在如何能讓自己的表演與眾不同。

袁秋華還有個本事，就是「節外生枝」——把觀眾猛然間從劇情中生拽出來，獨立於劇情之外，搞點妖騷之姿或離奇之音。而跟他搭檔的張萬興，還都能「接得住」：你「色」呀，那我也「色」。你「狂」呀，那我也「狂」。他的《貴妃醉酒》演的就是楊玉環的「性苦悶」，看客中，很少有人經得住露骨的煽情表演。文人墨客、小報記者憑著職業敏感也趨之若鶩，用那穿珠綴玉般的文字稱讚不已。袁秋華帶著他的「粉戲」紅透半邊天。

唱紅了的藝人，收入不菲。但開銷也大：必須給自己添置私房行頭；應酬上要穿得有頭有臉；再想學更多的戲，就再要孝敬各位名師；戲班裡有誰出了事兒，得掏錢消災免禍；還有柴米油鹽。戲票賣不了太多錢，大頭兒來自堂會和有錢人的饋贈。由於軍閥官僚、前清貴族、富戶闊商、政要、買辦的競相攀比，節慶壽誕和紅白喜事等各種堂會的排場與規模，越來越大。名藝人為應付紛至沓來的堂會，有時要在一日之內趕兩、三個場子。場子有的是在私人宅院，有的還在大的飯莊，還有私人包下的戲園子。體膚雖勞，所得頗豐。那些白花花的銀元，就是有力的興奮劑和解乏的良藥。像梅蘭芳、程硯秋這樣的頂尖藝人，一次堂會唱下來，除去打點班底和相關出力之人，落入腰包的至少也有一千現大洋。除此之外，藝人（特別是男旦）還有受贈物品，也多是值錢的好東西。如首飾、字畫以至房產、田土。有的長官和富商一家人（包括太太、姨太、子女）全是戲迷。只要喜歡的角兒演出，全家出動，且每晚必到。散戲後，定有盛情款待。所謂「款待」，就是擺宴、打牌。成名後的袁秋華也不例外，在觥籌交錯中很快學會了應酬，飲下多少佳釀也不醉倒，在吆五喝六中揮灑自如。飯局、牌局、賭局散了，袁秋華帶著滿足和倦意走出達官貴人府邸，現鈔一疊疊，口袋裡還有珠寶和小玩意兒。它們往往是仰慕他的太太小姐們私下裡送的。

袁秋華不怵女人，他怕男人。玩男旦的都是男人。京劇最有名的幾個男旦，不是也被某軍閥「請」到家裡脫下褲子嗎？理由只有一個：看看誰的屁股好看。據說張伯駒曾寫過一首詩，隱晦地提及此事。後來，這個屁股不大好看的藝人收到軍閥送的六千大洋支票。他當即退回：人再有名氣，也不可如此受辱。難怪有句口諺：「家有三斗糧，不進梨園行。」後來這個享有大名的京劇藝人，堅決不讓子女學戲。每逢祖上忌日，要在墳頭坐上很久且在日記裡歎道：「總思大哭一場，心中蘊藏積日之悲。」

袁秋華無法和京劇名伶相比，玩和被玩的情況就更為低俗。他心裡清楚，這種事無法避免，也難以擺脫。他有時厭惡痛恨自己，有時又覺得還是需要的，可以快樂，可以放鬆。反正大家都在「找樂兒」，人逢衰世，越發如此。「天樂聽完聽慶樂，惠豐吃完吃同豐。」（前者是兩個戲園子，後者是兩個飯莊）越是垮臺，越是玩得邪乎。有人說「大清帝國」是玩垮的。皇上玩、大臣玩，老百姓混得不怎麼樣，你再不讓他們有點「樂子」，這日子還有活頭兒嗎？

袁秋華演戲是給別人「樂子」，他自己也在找「樂子」：跳舞、照相、看電影、逛公園、下館子、買唱片。幾乎沒有他沒看過的電影，也幾乎沒有他不會唱的電影歌曲。每日起床後的第一件事，就是打開手搖唱機或「電匣子」。跟著哼哼歌曲，他絕對不聽戲曲唱段，即使是梅蘭芳的《霸王別姬》、馬連良的《借東風》也不聽。撒尿、洗手、洗臉、漱口、修面、剃鬚的時候，白光、姚莉、周璇、白虹、李香蘭、龔秋霞的歌聲就從唱片或「電匣子」裡流了出來。人家唱什麼，袁秋華就哼什麼。清晨第二件事是抽菸，特別喜歡洋菸。舉著香菸，提著菸灰缸，穿著睡袍，倒臥在地板，兩條細腿叉開，一雙細眼瞇縫著，悠然自得，心無所思。隨著吐出的縷縷青煙，開始了一天的生活。

方衍生一夜沒睡好，腦子裡晃動著袁秋華和戴淑賢的影子。滿以為對袁秋華的親暱和占有與此前對待其他年輕學徒一樣，是出於習慣動作而非源於情感。這次怎麼就不同了？心的邊緣就像有了一道陰影，揮之不去。

他走到隔壁房間，挨著袁秋華躺下，摸著那光滑的胸脯。兩個生命重疊的男人，有著別人難以理解和容忍的歡愉。歲月待方衍生不薄，胖瘦得體。但是，每當看到袁秋華的軀體，便會情不自禁地貪戀起來，貪戀著已經逝去的青春氣息。

「給你娶個老婆吧。」方衍生說。

「我不就是你老婆？還要什麼老婆！你是要三人睡在一起嗎？」

「是再生交代的，我也是答應了的。」

「他為什麼要這樣？又不是不知道我們的關係。」

「正是因為知道，才說這件事。臨終前又叮囑我。見我點了頭才嚥氣。」

「為什麼？」袁秋華坐起來。

「再生說了，以後的天下怕是要亂的。」

袁秋華撇嘴道：「亂是指亂天下，又不是亂家裡。」

「為了穩妥和長遠，還是給你娶個女人，買房置地，過正經營生。即使三人同住，一對夫妻供養一個師傅，別人也無話可說。」

「那你願意嗎？」

說這話時，流動的眼波潛伏著誘人的意味。方衍生一下激動起來，用嘴撮成圓形狠狠地啜吸他的乳頭，弄得生疼。一陣激烈之後，袁秋華看見自己的乳頭「嚙」了一口印記，先是淡紅色的。以為過幾天自會消褪，沒想到它漸漸沉澱下來，變成暗紅色。

方衍生說，這是給袁秋華一個永久的痕記。又說：自己對其他男徒從未如動情。他們是彼此的天使，相互撫慰。

藝人都刺人眼目，像燃燒旺盛的火苗，美豔、妖冶、熾熱，卻很少有人留意那底下的黯淡灰燼和最終的死滅。

五段

喝茶不能無壺　下棋不能無子

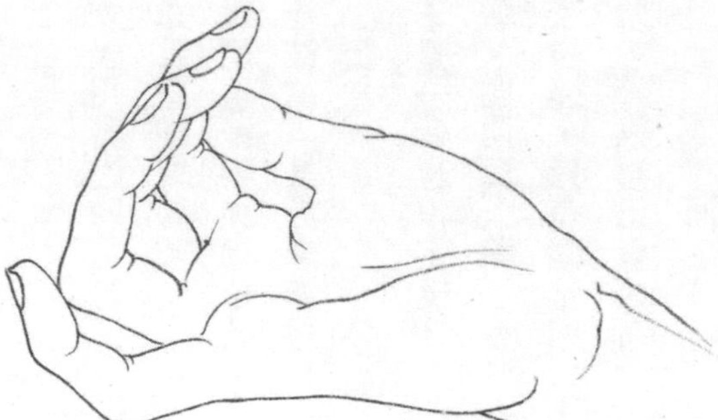

藝人的早飯，跟普通人家的午飯時間差不多。時局動盪不安，用餐之時常打開「電匣子」聽聽消息。匣子裡的人老說：國軍在哪兒打勝仗了；什麼地方豐收了；蔣委員長又接見哪個外國政要了。可是這些捷報和喜訊，多與實際情況相距甚遠。眼下物價在飛漲，乞丐遍街頭，他們聽到的消息是哪個人家半夜被搶，誰誰舉家遷往香港。每條都有名有姓有來源，還比較可信。

藝人能去哪兒？北京的梅蘭芳、程硯秋、譚富英等大角兒，不是一個也沒走嗎？他們當然可以走，問題是到了海外，就沒法唱戲了，也沒人看戲。偏偏藝人除了會唱戲，其他的啥也不會。世上要緊時刻的心情，往往無法用語言表達，只有觀望和等候——觀望時局變化，等候戰火平息，等候戲院門口有人買票，等候自己登臺有人叫好……偏偏時局不是按著人們的願望發展。

把最後一口稀粥嚥下，家裡僱的男傭兼廚子老許上來收拾碗筷。他神色憂慮地說：「方爺，今天還要多給我些錢。米價又漲了！這才過了幾天呀，就從十七萬一擔漲到二十三萬一擔。要命的是，好多家米店都關門了，我連跑兩天都沒有搶到。」

方衍生點頭道：「好，今天就多拿些錢去。」

老許把餐具收攏放在漆質托盤裡，轉身走了幾步又回到餐桌邊。鄭重其事地說：「這個家裡裡外外事情太多。從勤雜到燒菜，半夜等門，再做頓夜宵。我一個人實在顧不過來，能不能再添個人手？」

方衍生與袁秋華彼此交換一下眼神，覺得有道理。可眼下兵荒馬亂，到哪裡去找個可靠的幫工？

「你先下去，我們商量商量。」

還沒等他倆商量，「電匣子」傳來報導：「五月五日，南門外發生搶米事件。是時吼聲震天，塵埃蔽日，軍警齊集，儼若大敵臨陣。結果四門米倉掠搶一空，附近食品店也立即關門。搶米的事震動官府，警備司令部立即下達戒嚴令，當場槍決了兩名照相館人員，罪名是煽動搶米。而據刑場圍觀的人說，死得沒道理……」

繼米潮之後是鈔荒。市面上流通的鈔票不夠，人們手裡捏著本票和支票發怵。因為用本票交易，不方便找補。拿著本票吃飯尤其麻煩，常有為本票上的數額而爭吵的事情發生。你若是私人兌換，則要「貼水」。你去銀行兌換嗎？看著每日央行門外排起兌換現鈔的長蛇大陣，以及警察高架機槍維持秩序的陣勢，心裡就慌亂起來。搶米的是可憐的平民，兌換現鈔的是可憐的有錢人。

不想，事情接踵而來——

北平十餘所大學爆發「反內戰反飢餓」請願遊行，與軍警發生衝突；

國軍精銳主力第一個美械師七十四師師長張靈甫，在山東孟良崮戰役中被共軍擊斃；

共軍的劉伯承兵團強渡黃河，強渡成功；

蔣介石拿出的主意是命令在開封境內貫臺臨黃堤上挖前鵝灣、辛莊兩個缺口，黃河水傾瀉而下，水聲震天，聲聞數十里；

上海金都戲院前發生大血案，軍警平民死傷十餘人。

一向遠離社會和時事的人，現在都小心翼翼地關心、過問現實，而每一條消息都讓人心驚！他倆好像既「沾」米潮，又「鬧」錢荒。米荒是因為家中沒有人手去街頭搶米，錢荒是因為拿著本票難以兌現。兩個人不知所措，老許嘮叨著要求增加人手確有道理：這個家靠他一人實在忙不過來。有無法把握的當下，有不可預測的未來，還有方再生的臨終囑托，還有自己的日趨衰老……

「喝茶不能無壺，下棋不能無子。」方衍生再次想到了女人。這裡需要一個女主人。

盛夏已過，白雲緩慢移動，空氣依然沉悶。嬌嫩的花朵陸續凋謝，倦飛的鳥兒棲息在枝頭。一陣微風掠過，樹葉微微顫動，讓人覺得格外寂靜。這一天沒有演出，方衍生讓老許先弄兩碗餛飩，再到街上買了些散酒和小菜，一併端到樓上袁秋華的臥室。

二人圍著小圓桌對坐，幾口酒下肚，餛飩吃去大半。方衍生放下筷子，盯著袁秋華的眼睛，不緊不慢地說：「秋華，結婚吧！你的太太再生給你選好了，就是老戴的女兒戴淑賢。」

「什麼，你說什麼？」袁秋華以為是自己耳朵聽錯了。

方衍生重複了一遍。

這話來得突然猛烈：「嗷——」袁秋華大叫。

「你叫什麼！」

袁秋華閉著眼睛，雙手交叉在胸，身體跟著顫慄起來。腦子裡浮現的情景漸次清晰：那是戲院屋頂的小閣樓，狹小的地鋪，骯髒的薄被，一個男人有力地征服並入侵了肌體，給了自己深深的痛和滿滿的樂，而這個「痛」和「樂」是從來不曾有過的。——頭上是星空，腳下是紅塵。現在，星空已隱去，剩下了紅塵。

袁秋華低聲問：「我要不從呢？」

「那你離開戲班，自己唱去吧。」
「那我要從了，今後怎麼過？」
「三個人過。」
「你這個流氓！」一巴掌拍在他臉上。
「我讓你罵，任你打。」說罷，方衍生俯身捧起他的臉。
袁秋華的淚水像流星雨一樣潑灑而下。爾後，靠著方衍生肩膀，兩眼盯著天花板。問：「沒想到一齣戲唱到自己頭上了。你說吧，怎麼打發我？」
「當初我說『方衍生疼你一輩子，陪你一輩子。』現在我還是這麼說。不是我逼你結婚，是生活逼的，形勢逼的。完全是為了把日子過下去，為了把方家班撐下去，更是為了讓你把戲唱下去。」
「就沒有別的辦法了嗎？」
「秋華，現在你是袁老闆了，一定要有家室！知道嗎？越是掙大錢，越是有名氣，越是要有妻室兒女，不管你私底下怎麼胡鬧。你看京戲的大角兒，個個都有夫人。喜歡梅蘭芳的女人那麼多，連孟小冬都一往情深，可夫人福芝芳一直穩坐江山，是梅家鎮宅之寶，生孩子，管家務。梅老闆要沒這麼個太太，那得生出多少事兒？

你人緣不錯，我也能幫你，但你要結婚，也必須結婚。再生替你早就盤算好了，真的是為了你能好好唱戲。」

袁秋華哭得像個孩子一樣。

方衍生來到戴家。

房間不大，收拾整齊，沒有一件多餘之物，也不少一件必用之器。方衍生問：「淑賢呢？」

老戴答：「上街去了。」

「哦。」

老戴主動問來：「大駕光臨，有何要事？」

「經你一問，我倒不好開口了。」

見方衍生有幾分猶豫，戴文孝笑笑，突然冒出一句：「你今日登門，八成是為了我的女兒吧？」

方衍生聽得驚詫。

二人在老舊八仙桌兩側各自坐下，桌上有茶葉罐、瓷質茶壺和幾個茶碗，還有一個籐製的針線笸籮，笸籮裡裝有針線、紐扣、碎布、竹尺、頂針、大剪刀。戴文孝從茶葉罐裡抓了把茶葉往茶壺裡一扔，又在爐子上燒了小半壺開水。邊沏茶，邊說：「家裡有點好茶葉，也不知讓淑賢放在哪兒了！哎，她不在家，想請你喝一口好茶都難。」

方衍生問：「老戴，你怎麼斷定我是為淑賢而來？」

「你想呀，戲班演的就是世態人心。咱別的不會，揣度人情還是在行。今天你大老遠地跑來，絕不是為戲班的事兒，咱們後臺天天見，有什麼話不能說？讓我起疑的是自打方老闆生病，總愛問我有關淑賢的事，什麼脾氣啦，習性啦，識文斷字嗎？身體怎麼樣呀？會做可口飯菜嗎？經他一問再問，我就覺得其中必有緣故，後來忍不住問了。他說：『我有個打算，想把淑賢接到我家裡來。』我說：『行呀，隔三差五去府上幫個忙沒問題。』」

方衍生插話道：「老戴，我這次來就是想把她接到方家。」

「她裡外都行，隨時可以去府上幫忙。」

「請她去，可不是去幫忙。」

「不是幫忙，是什麼？」

「是去做女主人。」

「女主人？」

「袁秋華要娶她為妻，我是來登門說媒。」

戴文孝呆了：意外，太意外！

兩人對坐，一時無話。

半晌，方衍生開了口，把當下局勢，方家處境以及方再生臨終囑託一一道來。

見戴文孝還是無話，便直言：「這事兒要你同意才行，能給我一句話嗎？」

「這事兒，我看還是最終要靠你。」

「為什麼？」

「我只問一句——淑賢過去，你怎麼辦？」

方衍生知道戴文孝指的是什麼，一下子緊張起來，表情變得很複雜，喃喃道：

「我知道你指的是什麼，是說我和秋華的關係吧？」

「是！不能讓淑賢做他的老婆，你做他的基（雞）佬吧？」

「我會和他斷掉。」

戴文孝咧著嘴說：「晚上怎麼睡？」

「你——」

老戴繼續說：「兩人睡？輪流睡？還是前後睡？我的話很不好聽，事情可是明擺著的。」

「我會斷掉！」

「你斷不了！凡是像你們這樣的都斷不了，何況你倆多少年了，從他還是個『雛兒』開始。結果呢？淑賢和他是名義夫妻，你和他是暗中基（雞）友。」

方衍生大聲說：「你信不信？我能剪斷指頭做印證。」

戴文孝嗓門也大起來：「我不信。」

剎那間，雷電交加，乾坤倒轉。方衍生見桌上笸籮裡有一把剪刀，起身道：「那好，我做給你看！」隨即上前把剪刀攥在右手掌心，沒等戴文孝弄明白，方衍生將剪刀撐開，向左手小拇指指節死命剪去。

剪刀切入，鮮血流出。他瞪大眼睛，眼裡閃爍著凌厲的光，繼續剪，只見皮肉外翻，竟然現出白骨。戴文孝死死抓住方衍生舉起的右臂，聲嘶力竭喊道：「方爺！方爺！」

方衍生面無血色。從牙縫裡送出一句：「我會把它斷掉！」

戴文孝嚇得什麼都不說了，趕緊去搶奪他緊緊攥著的剪刀。爭奪一番，剪刀取下。慌了手腳的老戴趕忙從笸籮裡找出碎布條纏在傷口上，布纏一圈，血滲一層……他捧著方衍生的血手，問道：「方爺，這是為什麼呀？」

方衍生答：「為了戲班，為了活命。」

「淑賢嫁過去，就能保住戲班，保住命？」

「老戴，你不是不知道，戲班完全靠角兒撐著。袁秋華正年輕，唱戲前途無量。可是他在生活上毫無能力，一直由再生和我打理。現在再生走了，我也快老了，眼下的形勢是走的走，逃的逃。留下的人連一粒米都搶不到，剛跟日本人打完，就是國共對打。輸贏不管，日子得過吧？我佩服再生有眼光，早早就想到淑賢了。今天我替秋華求婚，事情辦不成，我就把手扎爛，去當『叫花子』。索性讓方家班散了，反正人生早晚也是一個『散』。」方衍生跌坐到椅子，大口喘氣，汗水濕透了衣衫，傷口鑽心地痛。

戴文孝哽咽道：「方爺，戲班不能散，多少人指望它餬口呢。唱的是戲，保的是命。」

戴文孝對婚事的態度儘管沒有明言，但一句「戲班不能散」，讓方衍生心裡也多少有個底。

戴淑賢手裡提著菜，回來了。

她一眼看到方衍生的手和桌上的血，大駭！甩下菜籃，飛奔到桌子跟前。問：「你們怎麼啦？這屋裡怎麼啦？」說話的聲音都變了。

「唉——」戴文孝欲言又止，狠狠拍了一下自己的大腿。

方衍生一口把茶喝乾，拱手道：「告辭了。」

戴淑賢說：「讓我看看你的手，是我爸弄的嗎？」接著追問父親：「你倆到底為什麼打架？還能動傢伙。」

方衍生說：「我們沒打架，是我自己弄的。」

「方爺，你不疼嗎？要不然我陪你去醫院。」

「不用。我自己去。」方衍生勉強笑笑。

戴淑賢送至門口，方衍生說：「你爸會把剛才的事告訴你。你想好，告訴我。」

二人目光相遇。她的眼神像從密林深處流瀉出來的月光。

清晨，方宅門鈴響了。

大清早就敲門，誰不知道唱戲的個個都是日夜顛倒，現在都還在酣睡。忽然，方衍生想到了戴淑賢，一骨碌爬起來。

果然是她。立在門外，手裡拿著一個白色小布包。

進了院子，方衍生說：「進來坐吧。」

「不進去了。」

「還是去客廳吧。坐下了喝杯茶，還可以吃早飯。」

「不用了。」戴淑賢指著他的左手問道：「一夜疼得沒好睡吧？」

「從你家離開，我就去了醫院。洗了傷口，縫了幾針，又上了藥。謝謝淑賢掛心，我現在好多了。」

戴淑賢舉著白色小布包，說：「這裡有棉花、繃帶、紅藥水和白藥，是給你預備的。既然醫院都開了藥，我這些東西就用不著了。」

「你給我的，我要。」方衍生接過布包。

青磚鋪地，灰瓦蓋頂，四面圍牆，不高不低。牆縫裡面生出些野草，一看就是有些年頭的老宅。不大的庭院裡，一架老籐葉子又濃又密。因為是秋季，已有不少黃葉。戴淑賢打量一番，說：「這院子多清靜！」接著，就開門見山了：「你走後，我爸就把事情一五一十地講了。」

「講了就好。」

「方爺，你想知道我的態度嗎？」

「當然！你一時拿不定主意，過些日子再說也可以。」

「不，現在告訴你——我決定嫁他。」

這話幾乎讓他不敢相信：「真的嗎？你還是好好想想。」

「我想好了，才來找你。」

「哦——」除了「哦」，方衍生不知往下該說什麼，其實他很想說話，想說說他的內心。方衍生對袁秋華那麼親，可從來沒想到要跟他講講「內心」。

躊躇之際，戴淑賢用那月光般的目光直視方衍生，語氣堅定地說：「方爺，不是我一個人過來，我爸也過來。」

見方衍生略帶驚疑的神態，戴淑賢反而笑了。從容道：「我爸在戲班一直伺候方老闆，在家是我一直伺候他。從前為了我，他沒續絃；現在我嫁人，不能扔了他。對不？」

「對。」

「實話告訴你，昨晚爸跟我吵了大半夜。他說，『是你出嫁，我去幹啥？』我說，等女兒走了，誰給你做飯？誰給你洗衣？誰給你沏茶？一連幾問，他不鬧了，卻說，『我就守著吃飯的鐘點過去。』」

這話把方衍生逗樂了。

「我說行呀，只要你每天願意來回來去跑六趟。」

方衍生追問：「後來呢？」

戴淑賢說：「我先應著他。跑上幾天，等跑不動了，他就過來了。方爺，我們兩個過來，能接受嗎？」

方衍生毫不猶豫地說：「歡迎！從今後，我們這裡就熱氣騰騰了。」

戴淑賢沉吟片刻，說：「我過來，還有一個條件。就怕方爺不答應。」

「別說一條，十條我都答應？」

「我過來，就要管家；我管家，就要管錢管帳。」

這話非但沒讓方衍生惱怒，竟然是萬分中意。他喜歡這種帶著霸氣的女子，也正配軟綿綿的袁秋華。方衍生即刻表態：「早知你不是一般女子！不過，現在是袁秋華挑大梁，掙大錢的是他。這事還要和他商量。」

「請相信，我不會存私房。」

「我信，我信。」

一個女子，漂亮是最重要的東西，但有比漂亮更重要的東西。

六段

買房置地

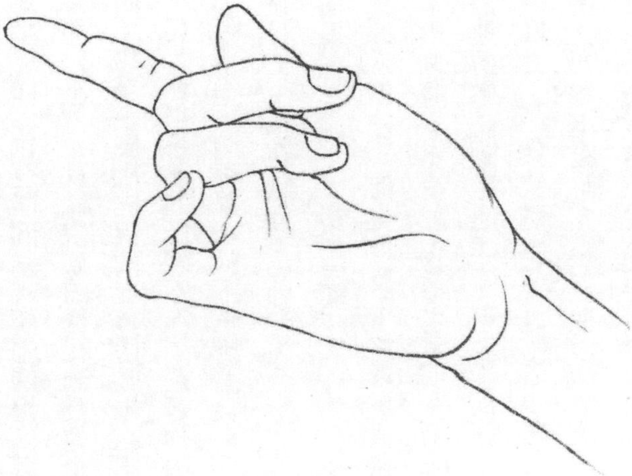

別看袁秋華在臺上聳肩飛眼，那麼能賣風騷，肆無忌憚。其實，是個膽小的人。

藝人都膽小，梅蘭芳也膽小，越有名越膽小。每到一處演出，在鋪排妥當演出事宜之後，就是拜謁當地政界、軍界和報界，哪怕是小報館，也登門問候。年輕的梅蘭芳看到小報上有人撰文挑剔他的表演，說這兒不行，那兒不對。直抹眼淚的他找到長他十幾歲、有錢有勢的馮耿光⁂商量如何應對這家報館。舞臺上風風火火，現實中唯唯諾諾。藝人輸不起，稍有閃失，便丟了前程。尤其是角兒，非但自己的飯碗不保，跟著你唱戲的人飯碗也都砸了。所以藝人個個十二萬分謹慎，哪怕再煩再累，臉上也掛著笑。

袁秋華的抱負、追求、興趣以及靈氣都在臺上，全在戲裡。回到生活中，他什麼都不會，啥都不行，一切依靠方氏兄弟。說到性生活，自從有了「閣樓」風情和胸前印痕，他就徹底投入方衍生的懷抱，且痴迷不已。他覺得娶不娶戴淑賢無關緊要，而結束與方衍生的情愛則是不可接受。兩個原本不可能相交重疊的生命，在特定的時空觸碰到一起，方衍生在幽黑中撩撥他的軀體，掀起陣陣情慾。從此一個人走入另一個人的生命，袁秋華在激情中總是好奇：一個快過半個世紀的中年人，怎麼可以如此情色？每每剝開衣服，手掌撫摸乳頭和小腹時，總令他生出快感。原來自己體內早就潛藏著這種慾望、本能和癖好，不過以前不曾察覺，是方衍生挖掘出來。這多少屬於原始的粗鄙，但沒想到粗鄙竟有如此之大的魅力，而它就潛藏在每個人的血管中。

「外表，她是我老婆；內裡，我是你情婦。」婚事定下後，袁秋華還是這樣講。

「不行，我們必須斷掉。」方衍生說著，舉起纏著紗布的左手。

袁秋華不說話。

方衍生認真又難過地說：「你不答應，就別唱戲了……」

畢竟什麼也抵不過現實，袁秋華妥協了。

此後很長一段時間，方衍生幾乎不敢正眼看他，說話也少些，覺得袁秋華的目光有一種淒然。

衣裳有正色，飲饌有正味。戴淑賢的清正持重，把個方宅收拾得吃是吃，穿是穿，用是用，所有開支都有帳可查，還把個袁秋華伺候得「嚴絲合縫」。早餐，一杯燕窩羹；宵夜，一碗銀耳蓮子粥。襯衫用米湯「漿」得筆挺，皮鞋擦得鋥亮。她把小報上刊登的梅蘭芳、程硯秋等人的生活照，舉到袁秋華眼前。說：「我要讓你成他們那樣。」

先頭，方再生感謝兄長把袁秋華「拐進」戲班，成了頂梁柱。此刻，方衍生則佩服弟弟的一雙慧眼，讓一個好女子走進方家，成為主婦兼主管。

過了一段時間，方衍生察覺袁秋華對妻子有些冷淡，便擔心起來，說：「你唱戲再累，晚上也要好好待她。」

袁秋華瞪了一眼：「娶了她就行了唄，你還管床上？」又把嘴貼到耳際，悄聲道：「都是她主動送上門。不過都沒有咱們過硬，也沒咱們快樂。我對女的沒興趣，仔細想想挺對不住她的。」

方衍生不再往下追問，袁秋華能娶她就很難得。戲非戲乎，事則事也。不管你是白面書生，她是紅粉佳人，每個人都必須在這個世界上活下來而已。

太陽落山，華燈初上。省城主要商業街道五顏六色的霓虹燈、廣告牌閃爍流轉，變化無窮，連機器補鞋的小店也裝了大燈，一個賣糖炒栗子的木板也用小燈泡和花紙圍了一圈。只要貼出海報，袁秋華的戲就是「全滿」。全城的舞廳、餐廳、影院、賭場無不熱鬧極了。舞廳裡擠滿了人，不管是婆娑的華爾滋，還是性感的探戈，只要聽見音樂，男人拉著女人很快步入舞池。大飯店生意更為興隆，連過道裡都擺上桌子。大餐小菜，供不應求。帳房先生滿頭大汗，帳單鈔票滿天飛。戲碼不管好賴，戲票都極為搶手，戲院周圍的小酒館、小商店、小攤販以及算命的、賣藝的，總是熱熱鬧鬧的。抗戰勝利後幾年的都市繁華景象，超過所有人的預測。

袁秋華精神振作，色藝俱佳，無論是唱堂會，還是在戲園子營業，他是越演越好了。數次謝幕才能收場，人即使再累，也以微笑作答。微笑是自然的，當然也是訓練出來的。他心裡很清楚：自己已從籍籍無名走到赫赫有名，從一文不名到盆滿缽滿。

袁秋華賺錢，戴淑賢管錢。一天，在吃過早餐以後，她對袁秋華和方衍生說：「別忙著上樓，我有事要說。」

方衍生笑道：「什麼事？」

「關於家業。」

袁秋華說：「我掙得多，你管得好，又有帳可查。一家人都滿意。」

「你是要做買賣嗎？」方衍生問。

「對啦，我就是想置辦點家產。」戴淑賢笑了。

袁秋華問：「你想做什麼？」

「這正是我想請教你倆的。」

「這事別問我，聽方爺的就行了。」

方衍生認真起來：「活了幾十年，我的體會是不管哪兒的人，只要手裡有點錢，不外乎買房子置地。為什麼呀？因為房和地最牢靠，不像鈔票，今兒是個錢，明天是張紙。」接著，他又歸納出買田土的幾條理由：一，土地的價格比較穩。因為誰都得吃飯。無論聖明天子，還是昏聵君王，也得讓天下人吃飯。二，土地不是工廠、飯館，要時時操心。只須把田土租出去，就坐等收租了。當然有豐有歉。豐收就多收點租，歉收就少收點。」

袁秋華的興致也來了，還補充了一點：「遇到變故，鄉下一待，最是安全。哪怕有一天唱不動了，城裡住住，鄉下住住，悠閒自在。」

於是這個三人組合的家，決定多買田土。

戴淑賢是個既有決斷、又說幹就幹的人。沒過多久，她就召開了第二次會議，說：「我已經看好城南的一片稻田，打算買它三百畝。」

方衍生問：「為什麼是三百畝？」

「三百零一畝，不也可以嗎？」袁秋華也湊熱鬧。

戴淑賢嗔道：「你倆這是刁難我！家裡的錢還可以多買。我想先買這麼多，加上方家原有的，也將近五百畝了。」

方衍生說：「我建議——淑賢這次買的都掛到秋華名下，人家現在可是掙大錢。把再生和我的田土，也都歸到秋華和淑賢名下。」

「為什麼？」袁秋華很吃驚，誰不喜歡錢財。

「我老了，又無後。這就是理由。」人看了太多的世事，也就無所謂得失，不喜不怒了。

氣氛有些沉重，方衍生換了話題。問：「買這麼多，打算怎麼搞？」

「當然是僱工啦。」戴淑賢說：「平時託保長代管，我們付些錢。秋收以後，我下去算帳、收錢，也可以叫他們送來。放心吧，我戴淑賢也是窮人，一定給農戶最好的價錢。不會為了錢，給方老闆、袁老闆敗壞名聲。」

意想不到的是，這件事遭到戴文孝的反對。他表明態度：「一個把戲唱好，一個把家弄好，就叫萬事如意。」

方衍生笑笑，說：「老戴，你忘了一句老話——有戲湊人演戲，沒戲散班耕地。」

聽到這句，戴淑賢高興了。

自從妻子管帳，袁秋華要求她給袁家茶社多多寄錢。

戴淑賢說：「你光寄錢了，也不回家看看二老？」

「生的是一時，養的是一世。我在帶戲班，一個月不唱，大家吃什麼？都知道梅蘭芳掙得多，可誰又知道他養活的人也多呢？」

方衍生生出一個想法：「秋華，兩個老人與其在鎮上開茶館，不如在我們買進田土的村裡蓋上幾間好房，再僱個人做飯，讓他們搬過去住，頤養天年。」

「好主意！」袁秋華頓時興奮起來，說：「我要去幫他們搬家。我還要把門前那株櫸樹，連根挖出來，移過去！」

方衍生忽然問道：「秋華，我只問一句，大紅大紫掙大錢的時候，怎麼沒見你惦記父母？」

袁秋華沉吟片刻，說：「你記得《武家坡》※[2]裡的一段戲嗎？在窯門前，王寶釧和薛平貴已經把話說開。但是王寶釧仍然沒開窯門。薛平貴說：『話已說明，快快開門相會吧。』王寶釧答；『既然是兒夫回來，需要退後一步。』薛平貴應聲後退一步。王寶釧說：『再後退一步。』薛平貴說：『啊，再後退一步。』王寶釧又說：『還要退後一步。』這讓薛平貴大為不解，說：『哎呀，妻吓，後面沒有路了哇！』王寶釧這時說了一句：『後面有路，你還不回來呢！』」

袁秋華用一齣戲的細節，解答了問話。方衍生已然感受到一種強烈的蒼涼意味：名氣也有，錢財也有，妻室也有。但世事凶險，時局難料，後面很可能無路。

說到這裡，袁秋華垂著頭，一聲不吭，心裡充滿愧疚：這麼多年來只顧唱戲，人都變成了木石。一副鐵打的心腸，就惦記能「紅」；「紅」了，還想更紅。滿腦子的掙錢、應酬、打牌、跳舞，成天價想著穿好衣裳喝好酒……什麼時候想起過父母？他總覺得自己紅了，又給他們寄錢，就是報答。至於回家看看，那什麼時候都可以，日子還早呢！

陡然間，生出一種感應：漫長的路途似乎快要走到終點，青春與美妙彷彿就要立即消退，袁秋華有如從夢中驚醒：感到自己需要回頭看，往回走。回到沒「紅」以前，回到沒唱戲以前，回到家！他對方衍生說：「淑賢說得對，我不能只寄錢。我要回家！」

方衍生說：「我也去。給老人家賠罪，是我拐走了他們的寶貝兒子。」

戴淑賢說：「我也去。」

當袁秋華走進老街巷，一眼看到那棵櫸木，已是滿臉淚痕，由走變為跑，嘴裡反覆念叨：「我回來了，我回來了……」

聞訊而來的街坊四鄰把個茶社圍了個嚴實。人家不說「回家」，也不說「探母」，都說「角兒來了」。

三個人齊刷刷跪倒在地。

人間悲哀，無非是生離和死別。其實，衰老也是悲哀。當袁秋華看到滿臉皺紋、滿頭白髮的父母。再也克制不住，猛撲過去。一手攬住狂喜的父親，一手摟著傷心的母親，泣不成聲。

二老閃著淚花的眼睛不住地打量著，力圖在一張男人的臉上找到孩子的舊日樣貌，偏偏怎麼都看不到了。眉毛不是眉毛，眼睛不是眼睛，找來找去，發現頭髮沒怎麼變，還是那個色兒，那麼軟，那麼密，還有那個「旋兒」。二老扯著頭髮，嚎啕大哭。

廖氏鬆開手，伸進衣襟貼身口袋摸出一個小紙卷，顫抖著捻開。那上面一行小字，寫著：去唱戲，別找我。將來會像櫸樹——天啊，這不就是袁秋華出走時，壓在枕下的紙條嗎？

袁掌櫃說：「你媽一直貼身帶著。那年發大水逃難，什麼都沒顧上。你寫的紙條沒忘揣在身上。」

袁秋華再也控制不住自己：「我不該逃學，我不該唱戲，我不該只寄錢，我不該現在才回家，我不該……」捶胸頓足，幾近暈厥。

方衍生和戴淑賢攙扶老人回房間休息，老人哪裡肯離開孩子一步？

過了好一陣，情緒漸漸歸於平緩，大家圍著茶桌，有說有笑了。

方衍生從肩上軟包裡取出一個很大的精緻木匣，雙手舉過眉心，遞給袁掌櫃。

袁掌櫃問：「是錢嗎？」

「是，方衍生致致誠誠奉上大洋八百。秋華是我拐走的，告到哪個衙門，都是重罪。這點銀子不是要抵消我的罪孽，是多少表達我久積於心的痛悔。」

袁老伯遲疑地問：「是你教孩子唱戲吧？」

方衍生點頭作答。

「寧給二畝地，不教一齣戲。方先生有罪過，又有功德。我和你兩下扯平了。不是你把他調教出來，袁秋華今天也就是個茶社管家罷了。」

袁秋華的母親廖氏，也連連擺手。方衍生哪裡肯依？雙方爭來爭去。

袁秋華要父母收下。他心裡清楚：如果拒收，方衍生會自責而死。

戴淑賢生出新的話題，說：「我想接公婆去省城小住，讓兒媳好生伺候。」

二老慌忙擺手。袁掌櫃說：「使不得，使不得！我倆就在茶社住，哪兒都不去。」他指著茶桌、茶椅、大銅壺、小瓷碗和乾淨的老虎灶，頗為得意地說：「這都是用秋華寄來的錢重新添置的。」他又讓大家抬頭看房頂，說：「大梁和椽子也都換過，用的也都是好木材。這輩子知足啦！」

幾天時間，很快過去。

返回省城那日，袁掌櫃和廖氏要兒子陪自己到小鎮外轉轉。方衍生覺得老人定是有私房話要說，或者有事要交代。

去了沒多久，三人高高興興回來。

在依依不捨中踏上返城的路。滿眼淒迷的野草，冷漠的斜陽從山的盡頭射來餘光。袁秋華一路無話。方衍生和戴淑賢知道，他的情緒開始低落。

回到家中，三人喝著粥，袁秋華對妻子和方衍生說：「二老領著我看了一塊風水不錯的墳地。要我買下，說他們死後就葬在那裡。」

入夜，袁秋華怎麼也睡不著。見到父母，又見欅木。他第一次感受到自己的無情無義和生命的無聲無息。

⁂ **馮耿光** 廣東番禺人，出身官宦，巨富之家，排行第六，留學日本士官學校。一九〇七年結識梅蘭芳於雲和堂，此後竭盡全力扶助梅蘭芳成名。一九四九年後居於上海，直至病逝。

⁂ 2 《**武家坡**》 全劇《紅鬃烈馬》一折。寫丞相之女王寶釧苦守寒窯十八載，已為西涼王的丈夫薛平貴接妻子血書，思之心切，一路過關，來到武家坡。因分別十八載，王寶釧已不識夫。後經一番試探、對話，夫妻得以相認。

七段

事情會是這樣

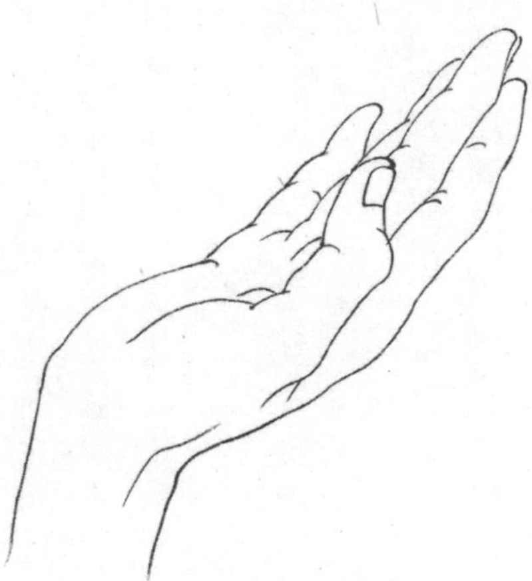

金圓券的發行讓所有人都活得心驚肉跳。袁秋華不比梅、程，只能帶著戲班拚命唱戲，使勁掙錢。好在正值盛年，在戴淑賢伺候下，臺下臺上樣子都好。俗話說：「跟著旦，吃飽飯。」戲班的人跟他還是有口飯吃。只要錢到手，他和方衍生就買田和土。

這一年，住在上海思南路的梅蘭芳除了拍一部電影《生死恨》，還在中法大藥房藥師家中見到一個叫周恩來的人。

周恩來對他說：「你不要隨國民黨撤退離開上海，我們歡迎你。」

齊如山⁂也從北京南下至上海，他是決意赴臺，行前對梅蘭芳說：「你本是藝術家，他們（指中共）待你不會太錯。但有一種情形，不可不注意，就是他們必要利用你。」「只給你一個虛名，毫無實權，命你怎樣作就得怎樣作……」

這話，梅蘭芳沒太在意。

當「國民」改稱為「人民」，當把跪在地下喊皇上「萬歲」場景變為萬眾振臂高呼「毛主席萬歲」的那一刻，藝人才明白自己進入了新社會，歷史進入了新時代。他們被很快確認了自己的身分是自由職業者。說是自由，其實都由「組織」管著。

這個「組織」從上到下，貫通始終。頂端是新成立的中央人民政府。頂端的頂端是一個叫毛澤東的人。

也不知道怎麼回事兒，所有規模較大的戲班都有一個從上頭派來的「戲改」幹部。「戲改」幹部不吃戲飯，但管戲班。也就在這個時候，從梅蘭芳到袁秋華第一次知道，政府的一個新做法，叫：禁戲[2]。啥叫禁戲？就是政府規定有的戲不許演、不讓演。奇怪的是——下發的禁演劇目，偏偏都是名藝人極拿手、也極叫座的戲。別說是袁秋華，就是會唱二、三百齣戲的程硯秋也給禁了好多戲。其中還包括他最最心疼的《鎖麟囊》。怪了，凡是認為有「低俗、迷信、色情」內容的戲，怎麼都是民眾喜歡的戲呢？

從藝是一輩子的事，邁過了起點，就望不到盡頭。這個禁戲，厲害了！一下子，叫所有藝人看到了盡頭。沒戲演了，就是到頭兒了。「家貧不是貧，路貧愁煞人。」不讓演戲，可也沒讓你歇著——把藝人，特別是主要演員（就是「角兒」）請進了由「組織」開辦的學習班。方衍生以年齡大，身體差為由，請假了。名單上沒有戴文孝，畢竟是個梳頭的。

開班的第一天，愛穿西服的袁秋華換了套中山裝。方衍生送他到門口，說：「你好好聽那些幹部說些什麼，我總覺得今後的生活會和以前大不相同。」

袁秋華很不以為然：「有啥大不相同？我們還不是吃戲飯。」

學習時間拖得很長，過午才歸，一家人都等他。氣喘吁吁的袁秋華進家門就對戴淑賢說：「趕快弄點吃的來，這學習比唱戲還累。」

廚房裡的飯菜是做好的。老許熱了熱，端上。

一碗排骨蓮藕湯喝下，袁秋華才對方衍生傳達學習內容。說：「不只有我們這裡辦學習班，全國幾十萬藝人都進了學習班。目的是提高思想覺悟。領導說今後唱戲不是謀生手段，觀眾看戲不是娛樂消遣。」

戴文孝問：「不是謀生，不是娛樂。那是個啥？」

「上頭說了——戲劇是為革命服務，為黨的宣傳服務，為人民服務。觀眾進劇場是為接受教育，提高覺悟。」

方衍生笑了又笑：「自古以來，我可就知道聽戲為找『樂兒』！沒聽說是為提高覺悟。」

袁秋華繼續傳達：「這次辦學習班，就要把我們從演戲賺錢度日的麻木狀態中喚醒，讓我們感到在新社會演戲是一種無比光榮的革命工作。」

戴文孝一抹嘴，道：「革命，革命！別說了，吃飯。」
頭兩週的學習，戴淑賢覺得丈夫的情緒還算可以。第三週，袁秋華進門就對老許說：「你們吃飯吧。」
戴淑賢問：「你不餓？」
「不餓。方爺，吃完飯你上樓，我有事情跟你說。」
方衍生見袁秋華臉色難看，便對老許說：「我先上去，等會兒給我下一碗清湯麵。」
戴淑賢想問兩句，方衍生使了個眼色。她預感今天學習班的內容肯定是涉及到丈夫了。
方衍生急忙上樓。
袁秋華見他來了，說：「我到你的房間說話。」
進了房間，立即把門關死，抱住方衍生親吻，很久沒這樣了。
「你怎麼啦？」
袁秋華不回答。
「學習班上說你什麼啦？」

「不是說我，是說我們。」

生性敏感的方衍生立即懂了！蒼白的臉頓時通紅，鼻翼也因激憤張得大大的，一條深深的皺紋氣勢洶洶地從嘴角延伸到下巴底端，眼裡閃爍著無法遏制的怒火。破口罵道：「雞巴事他們也管！難怪說共產黨的革命是共產共妻呢。」說著，一把抓起擱在床頭櫃的茶杯，朝著牆角狠狠砸去！杯子粉碎，茶水撒了一地。

袁秋華說：「往後的日子，真的難說了。『戲改』的內容，看來不止是『改戲』，還要『改人』。這一週的學習內容就是關於『改人』。上頭說了，藝人成為新社會的主人，要以實際行動向政府靠攏，主動去掉身上的落後思想、腐朽的生活方式，還要交代反動的社會關係。他們強調要絕對禁止戲班裡盛行的『男風』。說到這裡，我發現旁邊的張萬興一臉邪氣。」

「原來是這樣！」

袁秋華解開襯衫紐扣，說：「我就是不改，就是要和你在一起。」他把方衍生的一隻手移到自己敞開的胸膛：「你還記得那個閣樓嗎？」

久違的感覺，剎那間都回來了……雖和以往一樣，二人竭力想讓對方感到心滿意足。但這次的歡愉，卻讓他們心頭生出許多傷感，甚至有一種生離死別的感覺。

「戲改」的複雜和徹底，遠遠超出了所有人的預想。在共產黨眼裡，戲班也有剝削壓迫。那就是擁有物質財產和藝術資源的班主和角兒支配戲班的一切，還有頭牌和龍套之間收入存在巨大的差距。新政權絕不容許這個制度和現象存在。所以就要像農村搞「土改」，所有戲班都要消滅剝削、剷除貧富。辦法也是從參照「土改」硬搬過來的，首先就是實施新的所有權制度。這樣，「戲改」運動就進入到最後一步：「改制」，即將原來由班主私人擁有的戲班，改為由藝人們共同擁有的戲班。也就是說；方氏兄弟和與袁秋華長期經營置辦的戲裝、衣箱、樂器、燈光、音響等財產等於無償地改屬戲班所有成員。

方家班從此消失，全國的私人戲班統統消失，只保留了梅蘭芳的梅劇團等幾個少數劇團，據說繼續保留梅蘭芳劇團的私人性質，是出於統戰需要，也是一個例外。「改制」的過程迅速完成，毫無阻力，如割草般地順暢。藝人能說個啥？面對咄咄逼人的勢頭，那些無限風光的大角兒也不能招架，更無力還手。先頭還真有點翻身感，一年過去，便發覺自己是個犧牲品。

命運不會永遠眷顧一個人。但袁秋華怎麼也沒料到一步踏入新中國，事情會是這樣。

一個姓白名自力的宣傳部副部長在全市文藝工作者大會上宣布，全省的「戲改」工作已經勝利完成。有藝術水平和演出實力的私人戲班獲得重新登記，戲班這個舊稱呼就此掃進歷史垃圾堆，今後一律要叫劇團，如「人民劇團」，「大眾劇團」，「風雷劇團」。

袁秋華在掌聲中登上主席臺，從白部長手裡接過「勤勞劇團」團長任命書。白部長笑容可掬地和他握手。在一傳一遞中，高大魁梧的首長眼裡流露出激賞的熱情。會上，又宣布一個叫趙彤的「戲改」幹部為副團長。主管劇團行政、財務、人事。

回家路上，袁秋華一句話不說；進了家門，眼淚就掉了下來。

戴淑賢慌忙迎了上來。問：「你怎麼啦？」

經這一問，袁秋華不禁哭出聲來。說：「我現在除了名氣，還有什麼？」

技藝與薪酬之間的平衡被打破，大家都沒什麼幹勁，當團長的袁秋華自己就沒幹勁。他現在拿的工資在劇團是最多的，但比起從前就少得可憐。最要命的是——唱什麼戲？在什麼地方唱？和誰搭檔唱戲？誰打鼓？誰拉琴？等等大大小小有關演出的事兒，袁秋華都做不了主。一切都要通過「戲改」幹部，由領導和上頭決定。

他的氣兒不打一處來，對方衍生和老戴說：「解放前只要把黑道擺平，就能唱戲。現在是誰都管你。去文化局，文化局管你。去宣傳部，宣傳部管你。去工商，工商管你。去公安，公安管你。去稅務，稅務管你。去報社，報社管你。他們都要過問劇團的事兒。恐怖形象的戲不能演，色情的不能演，迷信的不能演，蹺功戲不能演，鬼戲不能演。這不讓演，那不讓演——那我們演什麼？」

眼看勤勞劇團天天「梁祝」，夜夜「白蛇」，觀眾寥寥。方衍生建議，要不然讓張萬興唱點小曲。因為不是戲，還能偷著演。

當男扮女裝，妖豔多姿，風騷怪異的「難纏鬼」一登場。劇場裡「轟」的一聲，炸鍋了。

奴本良家一女子，
家貧難以過日子。
一天到晚餓肚子，
無奈我才進窯子。
白日裡無事磕瓜子，
到晚來從不穿褲子……

「五年胳膊，十年腿，二十年練好一張嘴。」張萬興有胳膊有腿也有嘴，一人攬出千門煙火，萬里風雲。

「你嫌戲曲落後，老百姓還就是喜歡落後，喜歡迷信，喜歡色情。沒這些東西，還不上座呢？」老戴的這番話，簡直就叫火上加油。

劇團上上下下的人看到觀眾的踴躍，都異常興奮。因為從禁戲以來，他們只能吃兩頓飯，一乾一稀。

這個劇種最有成就的一位老生演員，見到來省城演出的程硯秋。眼淚汪汪地問：「我們以後要餓飯吧？」

程硯秋戚戚然，卻不作答。

敢說幾句的是翦伯贊。他視察湖南的時候，見很多地方的戲院都快塌了，藝人發十五元工資，每月吃不到肉和蛋。氣得大發雷霆，在座談會上疾言厲色道：「他們（藝人）沒從人民政府那裡得到一點幫助，得到的只是輕視和侮辱！」

一九五六年，文化部「戲改」工作負責人之一的田漢去南方指導工作，看到桂劇名角坐在床沿吃午飯，只有一碗辣椒粉拌苦麻當菜；上海藝人無戲可演，在開不完的會中消磨青春與生命。回到北京，他寫出〈必須切實關心並改善藝人的生活〉、〈為演員的青春請命〉兩篇文章，反響極大。周恩來立即指示撥專款五百萬，給生活有困難的老藝人。文化部趕緊放寬對劇目的限制。

⁂ **齊如山**　京劇理論家、劇作家。出身宦門，博習經史。追隨孫中山，投身國民革命。一生著述甚豐。酷嗜戲劇，對京劇研究尤深。自民國以來，與梅蘭芳合作編戲，一九一四年的《嫦娥奔月》是為梅蘭芳創作的第一部。後有《洛神》、《天女散花》、《紅線盜盒》、《太真外傳》、《廉錦楓》等。二十年代積極籌劃好參與梅蘭芳赴美演出事宜。一九六二年病逝於臺灣，臺灣出版機構將其一生著述彙編成《齊如山全集》

⁂2 **禁戲**　一九四八年十一月二十三日《人民日報》登出社論《有計劃有步驟地進行舊劇改革工作》。社論提出，要把「舊劇改革」當作一項重要的歷史任務。「改革舊劇的第一步工作，應該是審定舊劇目，分清好壞……對人民絕對有害或害多利少的，則應加以禁演或大大修改。」社論還點名《九更天》、《翠屏山》、《四郎探母》、《游龍戲鳳》、《醉酒》是五個「有害」的劇目。後中央文化部成立戲曲改進局，簡稱：戲改局。戲改局成立即以中央政府名義，陸續頒布對戲曲劇目的禁演決定。最早禁戲的是東北，遼西省在一九五〇年三月禁演的京戲、評戲達到三百齣以上。山西省上黨梆子原有三百齣戲，被禁後剩下不到三十九齣。

八段
隨機應變

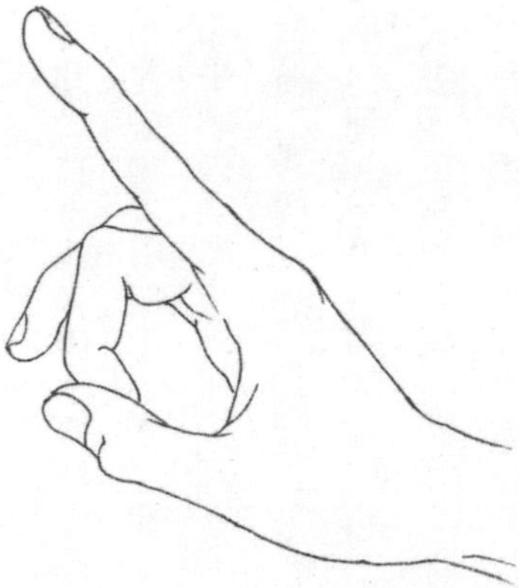

戴淑賢以為撤銷戲班是進了地獄，她錯了！洪水猛獸般的「土改」運動，才是她的地獄。

什麼叫「土改」*？如果袁秋華夫婦和方衍生知道這個詞兒，打死他們也不會在一九四七至一九四九的三年間，買下許多田土。藝人有錢了，就買房子置地。別說梅蘭芳、程硯秋是這樣，但凡中國人有錢了，不也都是買房子置地嗎？誰也不知道，毛澤東、朱德還沒踏進北平城，就盤算著「土改」了。

當袁秋華、方衍生知道有個運動叫「土改」的時候，「土改」已經來到家門口，而且是有期限的。對他們最早提到「土改」這個詞兒的，是張萬興的弟弟張萬隆。他也是個唱戲的，工花臉和武生，在一個名氣、規模都比方家班要小得多的劇團。上級對這類劇團一般不予登記，班社自行解散，藝人自謀職業。被遣散的藝人大多是什麼戲都會、但沒一齣叫得響的演員。他們除了唱戲，啥都不會。所以這些無所歸屬的藝人聚在一起，決定搞個草臺班子繼續唱戲，不為宣傳革命，只圖養家餬口。他們八方行走，輾轉流動，演出於鄉村、集鎮和碼頭。從行當到行頭，當然破舊、簡陋。可到了臺上，個個都能「扮上」，人人都能表演。再大的一齣戲，也能從頭至尾唱完，是不是完整不敢說，但主要劇情是交代清楚的。他們膽子大，啥戲都敢演，其間一定穿插點「科諢」，來點「色情」，再加點曲藝段子，別提多受歡迎啦！遇到廟會、大集或有人家婚嫁、慶生、祝壽什麼的，就從大天光唱到下半夜。藝人的肚子吃得飽飽的，還有鈔票可以拿回家。

這些說是遣散回家、浪跡江湖的藝人，有時會到省城看看老戲班的老同行，喝個茶，聊個天，保持著江湖情誼。張萬隆的到來，讓方衍生、袁秋華大感意外且興奮不已。本以為他會哭喪個臉進門，誰知人家紅光滿面。坐下就說開了，講這些被遣散回鄉的藝人如何東山再起，如何走東竄西，如何游刃有餘。說者振振有詞；聽者羨慕不已。原以為他們該非常窘困，誰想到竟落得個自由自在。最打動人的是——他們不用開會學習，接受改造和教育。

方衍生留張萬隆吃了飯，袁秋華讓戴淑賢遞上了一件自己剛買的，還沒來及穿的毛衣。張萬隆連連擺手，說：「不要。」

袁秋華說：「拿著吧，下雨颳風能用上。你比我們自由，也比我們辛苦，東奔西跑，走街串巷。」

張萬隆告辭，戴文孝送出門，執意要陪他走上一段，說自己也想散散步。

到了街上，張萬隆的表情變得凝重，帶著些許遲疑，說：「你聽說鄉下在搞『土改』了嗎？先是在北方，跟著就是全國。」

戴文孝問：「你能跟我說說『土改』的內容嗎？」

張萬隆答：「內容好像有這麼兩條，一是廢除私有制，二是劃分階級成分。我剛去過一個鄉鎮，那裡正在鬧『土改』。村裡進了工作組，工作組是上頭派來的，專門搞『土改』的，做派跟皇上一樣，說一不二，還可以抓人。」

「抓什麼人？」

「抓的都是有田土的人家。」

「有田地的人家怎麼啦？那是人家辛辛苦苦掙錢買的。」

聽到這句話，張萬隆停下腳步，低聲道：「我知道，袁秋華和你女兒，還有方爺這兩年買了不少田土。」

戴文孝追問：「為什麼抓有田土的人家？」

張萬隆說：「抓他們就是要他們承認自己是不勞而獲，是壓迫剝削。要他們交出田土和地契，交出銀元、首飾、耕牛、農具、家具、衣服。」

「衣服也交？」戴文孝瞪大了眼睛。

「對。四季衣服，綢的啦，皮的啦。」

「我要是不交呢？」

「那你就要吃大苦頭了。先是發動村民開批鬥會，會上免不了挨打。幾次會下來，人就服軟了。如果繼續頑抗，那就來硬的了。」

「什麼是硬的？」

「我給你說一個剛發生的事兒吧。一個有七十多畝田土、兩頭耕牛和幾樣首飾的女人就是不肯交出地契，也不許別人進她的牛棚牽牛。幾次開會鬥爭都不鬆口，因為是個女的，村民也就不怎麼敢往死裡打。後來人家想個主意，讓她把幾件好衣服穿上，背上綁個竹背兜，裡面裝的是點燃的木炭。讓她沿著會場轉圈兒，先頭是炭火味，後來衣服味，再後來就是肉味了……」

戴文孝滿臉驚恐：「你別說了，我受不了。」

二人分手前，張萬隆說：「你回家，先別對淑賢講這些，恐怕要跟方爺透個信兒才好。」

回到家裡，方衍生見他的臉色難看，忙問：「你怎麼啦，哪兒不舒服？」

「心裡不好受，我想喝點酒。」

戴文孝躺在床上，一股巨大的力量不讓他入睡。被子捂得嚴嚴實實，兩條腿卻冷得發麻，小腿肌肉也抽搐起來。閉上眼睛，就聽到心臟在胸中忐忑亂跳。血在沸騰，好像要衝破血管，整個身心都處在恐懼之中，一種大禍臨頭的預感壓迫著他——自幼在戲班，苦情戲，打鬥戲，兇殺戲看過無數，但其歹毒凶殘都不能和張萬隆說的情形相比。天快亮的時候，他好不容易睡了，可跟著就做了一場噩夢。夢中他的女兒和姑爺，就像《目連戲》[※2]裡被鐵鏈拴著的罪犯，上刀山、下油鍋、打飛叉、過奈何橋、遊遍陰間「十殿閻羅」。押他們的無常鬼，個個面目猙獰。一路上三步一拜，五步一跪……醒後，渾身的汗如水洗一般。戴文孝翻身下床，慌忙穿上衣服，直撲方衍生臥室。

見他面如死灰，方衍生驚問：「老戴，你病了嗎？」

「方爺，救救他倆吧。」一向既不亂於心，也不困於情的戴文孝，流出了眼淚。

「怎麼啦？」

他把張萬隆的話統統講了出來。方衍生聽罷，半晌才開口：「演了一二百齣戲，最難演的是自己。老戴，如果躲不過，我們頂著，也不能讓他倆遭罪。」

戴文孝說：「怎麼『頂』？那地契上寫得都是袁秋華和戴淑賢啊。」

兩個人思緒紛亂，一籌莫展。

沒過兩天，趙彤通知袁秋華，說上級領導要他去省委機關談話。袁秋華一下子緊張起來。管劇團的是文化局，怎麼是省委傳喚？站在一旁的方衍生和老戴更為緊張。你看看我，我瞅瞅你。

袁秋華有些納悶，不解道：「幹嘛找我一人談話？」

方衍生趕緊對戴淑賢說：「既然是上級領導要找他。你去衣櫥裡，挑件好點的衣服，再帶些錢。」

趁著這個空隙，他急促地對袁秋華說：「共產黨搞『土改』運動，來頭大，勢頭猛。你和淑賢手裡有不少田土，是不是衝著它來的？」

袁秋華說：「你怎麼會想到這裡？」

方衍生答：「我覺得不會是為了戲班的事兒。戲班都充公了，一條彩褲都沒給你留下。至於演出，那是由『戲改』幹部做主，跟你無關。」

袁秋華是搭乘公共汽車去的。卻由一輛小橋車送回。已是夕陽西下，天邊雲朵如火一般鮮紅。樹枝的小鳥也不知受了什麼驚嚇，嗚叫著朝遠處飛去。都說落日是大自然中最美的風景，但是最美的東西往往稍縱即逝。

袁秋華進門便說：「剛才是宣傳部白部長用機關的車送我回來的，也是他找我談話，談的是『土改』。淑賢，你叫老許今晚燒幾個好菜，我們好好吃一頓。」

聽到這話，方衍生腦子亂了：不知這「好好吃一頓」暗含什麼？人到了無路可走的時候要求吃一頓「好的」，這可不是什麼好兆頭。

袁秋華從口袋裡掏出一張紙，遞給戴淑賢。說：「你先看，看完了再給方爺看。等你爸從劇團回來，也請他看。」

那張紙是（一九五〇年）八月二十日政務院公布的《關於劃分農村階級成分的決定》。上面寫著規定——

占有或租入土地、有凡占有土地、為自己不勞動而靠剝削為生的為地主，其主要剝削方式是收取地租。

占有或租入土地、有比較優良的生產工具及活動資本，參加小部分勞動但主要以剝削僱傭勞動為生的是富農。

占有或租入土地、有相當工具、直接從事勞動並以此為生的的是中農。

租入土地來耕作、有不完全工具、受地租、債利或僱傭勞動的剝削是貧農。

全無土地和工具、主要以出賣勞動力為生的是工人（含雇農）。

最後一個看「規定」的是剛回家的戴文孝。他神情沮喪，把紙還給袁秋華。

袁秋華把它重新塞進口袋，說：「我還知道一個劃成分更為簡單、明瞭的辦法。」

老戴說：「你說說。」

「你們聽好——三字頭（三十畝）叫地主，二字頭（二十畝）叫富農，一字頭（十畝）叫中農，十畝以下是就是貧下中農了。」

方衍生用眼睛掃了一遍，說：「這兒一屋子人都是地主。那我們該怎麼辦？如果僅僅是把土地分了，也罷了。聽說先是要鬥地主，手段非常狠，結局也慘。」

「前面就是鬼門關，我們也得過。」袁秋華長歎一口氣。說：「我累了，上樓歇一會兒。」

剛進臥室，方衍生跟了進來。袁秋華趕忙對他說：「白部長還跟我說了一句要緊的話。」

「他說什麼？」

「他說——袁老師你有那麼多田土，土改是躲不過的。單靠減租退押不行，恐怕要劃地主成分，有人要戴地主分子帽子。我只提醒一句，你要戴上帽子，今後就別唱戲了，也別想在劇團待了。」

方衍生頓時慌了：「那可怎麼辦？一頂帽子壓死一家人。」

袁秋華走出機關大院，一路上後悔不迭，後悔自己幹嘛唱戲？唱戲又幹嘛出名？當個賣菜的，多好。就是掏大糞，也行。一路的雲與月，曾經的血和汗，眼瞅著歸於塵土。自己不就這樣完了嗎？讓田土掩埋舞臺，讓「帽子」壓垮生命。不，不行，絕不行。眼下，自己不能像個打開的水龍頭，放縱各種情緒四處流溢而無法收拾。他得一圈圈擰緊，讓水流只剩一絲。這一絲，就是如何讓自己不戴帽子，繼續唱戲。袁秋華懂得：哪怕再紅、掙錢再多，也就是個唱戲的，地位始終低下。你看梅蘭芳，那麼大的角兒，什麼時候不是笑容可掬？外表隨和謙卑，心裡主意大了，難怪能從從容容地應對難題，度過難關。總之，無論是外邊，還是在家裡，絕對不能搞春秋大戰。也許是生來的靈巧秉性和賣藝生涯的處境，讓他動了心機。人類，其實是最能隨機應變的物種。要想成功和保持成功，自私是性格基因。

事情想透，心思定下。面對擺好的晚飯，袁秋華吃得不多，卻要了酒。他向妻子敬酒，而這是從來沒有過的。這讓戴淑賢感到暖意。

放下酒杯，袁秋華笑著說：「我演女角，覺得女人就像陳釀，要慢慢體會才能品出味道。」

戴淑賢的臉紅了。應該說兩個人的感情很淡，像大部分夫妻，在責任感和彼此依賴的慣性中共同生活。

方衍生多少有些詫異：都火燒眉毛了，怎有如此談吐？

⁂ **土改**　一九四七年九月十三日，在河北省平山縣西柏坡村舉行（中共中央工委）關於解放區土地工作的會議。會上通過了一個激進的《中國土地法大綱》，作為解放區進行土地改革的指導性法規。

基本內容有這樣幾條：

1　廢除一切地主的土地所有權，廢除一切祠堂、廟宇、寺院、學校、醫院、機關及團體的土地所有權。廢除土改前的封建剝削債務。

2　鄉村農會將上述接受土地按鄉村全部人口平均分配，在數量上抽多補少，質量上抽肥補瘦，使全鄉村人民獲得同等土地，並歸各人所有。

3　鄉村農會接受地主的牲畜、農具、房屋、糧食即其他財產，並徵收富農上述財產的多餘部分，分給缺乏這些財產的農民及其他貧民。並分給地主同樣的一份，使全鄉村人民獲得適當的生產及生活資料。

4　保護工商業者的財產及其合法的經營不受侵犯。

5　土地改革之合法執行機關為各級的「鄉村農民大會」及其選出的「委員會」。

6　政府要組織人民法庭、審判及處分一切違抗或破壞本法的罪行

⁂2 **目連戲** 該劇流傳久遠，劇本《目連救母勸善戲文》為明代鄭之珍編撰而成。故事寫傅相之妻劉青提，褻瀆神明，被打入地獄。其子傅羅卜救母心切，遊遍地獄，歷盡艱辛，終得母子團圓。

九段

避禍

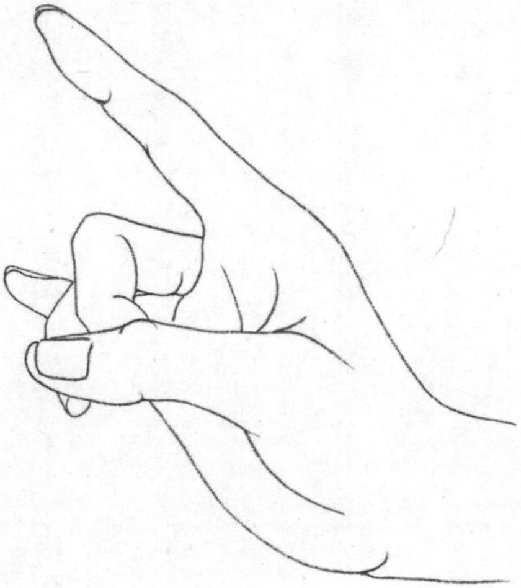

月亮升起，夜色蒼白又柔和。

袁秋華坐在床邊，待戴淑賢把門窗關好，鋪排停當，便對妻子說：「你坐過來。」

戴淑賢也坐到床邊，一雙清亮的眼睛望著丈夫。屋內安靜極了，聽得到外面的風聲。

突然，袁秋華身子從床沿滑下，雙膝跪倒。

戴淑賢大驚：「秋華，你怎麼啦？」

「淑賢，救我，只有你能救我！」說著，眼淚從面頰滾落。

「我救你？」

袁秋華匍匐在地：「是，只有你能救我。」

「你的話，我聽不懂。」

「就是請你替我、替方家戴地主分子帽子。」

戴淑賢簡直不敢相信：「啊？你再說一遍。」

「請你替我們戴地主分子帽子。」

「為什麼？」

袁秋華低著頭，根本沒有勇氣看妻子：「我們都跑不了，也都躲不掉，想來想去只有這一條路。」

「你是個爺，你為什麼不戴，要我戴？」

「白部長說了，我戴上帽子就不能登臺。我不唱戲，一家人吃什麼？怎麼給老人送終？你不是還想要孩子嗎？我現在只有靠工資。如果連工資都沒了，袁秋華只好要飯，沿街去唱蓮花落。」

丈夫說出的每一個字，都是射向胸膛的子彈！雖說是陳述和求助，其實是來索命。戴淑賢一句話不說，眼光發直，嘴角緊閉，十指扭結。

僵持中，下跪的袁秋華開始磕頭，一個，兩個，三個，四個，五個……不知磕了多少，又過了多久。

經受不住的戴淑賢低下頭來，看到地板上已是一片血漬。她跺腳，喊道：「別磕了，我戴，我戴，我戴就是！」

前額滴血的袁秋華一個跪步，撲到妻子腳下，淚如雨下，雙臂抱住妻子的膝蓋，把頭埋在兩腿中間。

戴淑賢掙脫他的手臂，尖叫著、哀嚎著衝了出去，推開方衍生房間的門，靠著牆，捂著臉，身子順著牆向下滑落。

方衍生驚駭萬狀，一把撐住戴淑賢，問道：「你倆怎麼啦？」

「秋華要我替他戴帽子。」

「帽子，什麼帽子？」

「地主分子帽子。」

從斷斷續續的敘述中得知情況後，方衍生將她攬入懷中，說：「你哭吧。」

戴淑賢痛哭。她沒有料到袁秋華會想出這麼個「損招」來避禍。為什麼事先不商量一下？轉而又想，袁秋華當然不會和自己商量。

「我要和你在一起。」戴淑賢突然冒出這樣一句。

方衍生撫摸著她的頭髮：「我們已經在一起了。」

戴淑賢哭得更傷心了：「方爺，我今後怎麼辦？」

方衍生說：「原諒他，原諒我，讓你一個女人頂替兩個男人。秋華也是逼出來的，實在是沒有辦法的辦法。」

戴淑賢渾身顫抖，方衍生抱得更緊了，用唇舌輕輕舔舐她的淚痕。他努力抑制著從心底湧出的愛意，把聲音壓到最低，清晰吐出三個字：「我愛你。」其實，方衍生一直在抑制這分愛意。

在歷盡滄桑的男人眼裡，這個女人比誰都珍貴。

土改如期完成。

當地農會和村民提出：袁秋華是個名角，能不能讓他來鄉鎮唱一齣義務戲？應該說，當地幹部和村民對戴淑賢非常客氣了，沒專門開她的批鬥會，只是在收尾大會上，宣布的戴帽地主分子的名單上有她。

袁秋華一口應承。再說，敢不答應嗎？只要說個「不」字，很可能幾個貧農登門，把戴淑賢拖回鄉下「惡補」。劇團「戲改」幹部也支持廣大貧下中農的意願。袁秋華說身體欠佳，唱不了本戲，只能演個折戲。能不能讓張萬興在前面「墊」一齣，自己唱〈打神告廟〉。又說：這次演出的開銷全包了，不要村民出一分錢。

事情很快定下。袁秋華沒對妻子透露演出的事，只跟老戴講了。

戴文孝的眉毛擰成疙瘩，不說話，不吃飯，從屋裡走到屋外，又從屋外走到屋裡。自從知道靠「減租退押」躲不過「土改」運動，讓女兒一人承擔「戴帽子」的結果，就很想跟袁秋華大鬧一場，帶著女兒遠走高飛。

這個念頭被方衍生看出，狠狠地批評老戴只顧痛快而不計後果。說：「袁秋華能沿街唱蓮花落賺錢。你一個梳頭的能幹啥？等死吧。」又說：「我佩服淑賢，也心疼淑賢。這次是委屈一個人，保全了我們一家，這也包括你在內。以後我們都要特別愛護她。」

戴文孝思前想後，萬般無奈，只有接受現實。

聽說有戲看，村民沸騰了，每個人臉上掛著笑，互相議論著，也不分什麼貧農、富農、下中農。世界上最能泯滅階級、階層界限的就是「找樂子」。如廣場聽戲，街頭下棋。

鑼鼓敲響，好戲開場。〈打神告廟〉是本戲《焚香記》中一折，講的是王魁高中後，遺棄了妻子焦桂英。焦氏到海神廟去控告王魁。呼天不應，求神無言，自縊廟中。

袁秋華如風一般地登場，立即聳動視聽：菜油敷面，不擦粉，不抹紅，暴眼，黑嘴，棍子眉，目光冷峻，面無表情。隨著「王魁，賊呀——」的厲聲呼喊，臺步由慢而快，直衝臺口，動作異乎尋常，簡直就是一股陰風，從地獄奔來——一陣寂靜和驚悚之後，觀眾尖聲叫好。綢質「彩褲」，腳下踩蹺。頭頂一方「黃紙錢」，身穿黑色「苦褶子」，腰繫白色「長風帶」，手執一炷信香。胸有驚雷而面如灰，內心交織著哀怨、憤懣、傷感和沮喪，唱出一句［昆頭子］：

恨漫漫蒼天無際，
恨王魁狠心負義。

就地轉身，右手高舉，左腳獨立，仰視天空。他筆直站立如巨石，重重地壓在那顆惶恐的心上。之後，一路行走奔赴海神廟，腳下輕若流水，形似薄不勝衣。見到海神，袁秋華扮演的焦氏猛地倒退三步，咬牙，頓足，縱身跳入廟門。進廟後，焦氏觸景傷情，難言的酸痛，一腔的怨氣，止不住的淚水和吐不出無盡的苦情。見海神不語，情緒激憤起來，袁秋華在鑼鼓敲擊下，把泥塑海神掀翻、打碎，人也昏倒在地。

忽聽雁聲天際，
嘹嘹嚦嚦哽哽淒淒。
哪有人心的人兒，
全然不顧百夜夫妻……

袁秋華的眼神、面肌和手指，全部調動起來。在如泣如訴的演唱裡，他覺得自己就是負心的王魁，戴淑賢就是那屈死的焦桂英。

謝幕時，袁秋華滿臉的淚水，整個心都在痛。

散戲了，村民捨不得離去，興奮著，議論著，等候著，更要看看那個臺上是女人、臺下是男人的名角兒。

袁秋華卸妝很慢，細細擦拭妝容，想借此平靜下來，心裡一會兒熱，一會兒涼的。這輩子千百遍地唱〈打神〉，但為家人的生死命運而歌，是生平頭一遭。在焦桂英的哀告哭訴中，袁秋華分明感到自己的無恥和卑劣，這和背信棄義的王魁沒什麼兩樣。當焦氏絕望地撲倒在地，他覺得自己也要暈倒，戴淑賢有如魅影一般，死死纏住他、勒緊他，使肢體幾乎動彈不得。

在「戲改」學習班，袁秋華知道了一個詞兒，叫「階級壓迫」，如資本家壓迫工人，富人壓迫窮人等。現在他才懂得什麼叫「階級壓迫」——「成分」、「出身」、「帽子」就是壓迫，力量其大無比。戴淑賢就受著壓迫！

袁秋華事先打了招呼，演出後要請當地的「土改」幹部和鄉鎮農會頭頭兒吃飯。方衍生在鎮上挑了最好飯鋪，擺了兩桌。一喝上酒，不親的人也親了。袁秋華不停地檢討，責備自己覺悟太低，不知道占有土地，僱人耕種是剝削。農會的人反倒說：「袁老闆，我們也知道，你買田土的錢都是靠唱戲掙的，也是辛苦錢。」聽到這話，袁秋華的眼淚差點沒掉下來。

分手的時候，農會主任親暱地拍著他的肩膀，貼著他的面頰說：「過兩年，我們給你老婆摘帽子。」

「那我明年還給你們唱大戲，不要錢。」

從北京傳來消息，說程硯秋的七處房產也都上交了，他還要交北京城內西四報子胡同的四合院。

周恩來發善心，說：「都交了，你住哪兒？」

十段

拚死拚活未必紅

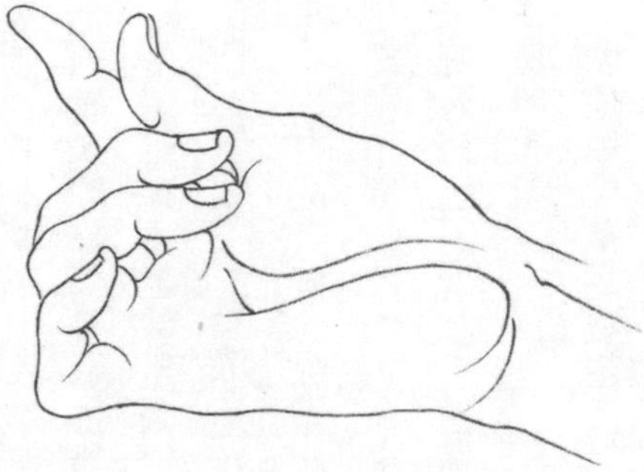

像袁秋華這樣的男旦，在劇團基本上是閒著。別人在忙碌中消耗，他在無聊中消磨。從前一肚子戲，現在空落落的，像是丟了什麼東西。看看報吧，看兩行就不想看了；聽別人聊天吧，聽幾句就覺得沒意思；到排練場看排戲吧，更感到自己是個閒人。鑼鼓敲著，絲絃拉著，可袁秋華覺得這個劇團和自己一點關係都沒有。

回到家裡，面對「頂罪」的戴淑賢，他缺少了以往的優渥、輕鬆和從容，時時感到猥瑣的內心剎那間被人窺探到的窘迫。儘管妻子由他供養，卻處處覺得虧欠她太多，甚至是負債累累。欠債是要償還的，而他對妻子的虧欠是終生無法償還的。剛結婚的時候，他認為這樁婚姻不平等，戴淑賢是個新寡，老爹是個「梳頭」的。自己多優越呀，要錢有錢，要名有名，要貌有貌，萬不想一場電光火石般的「土改」，夫妻關係變了，二人力量對比全倒了過來：現在的身分、職業和自由，無不是戴淑賢用「帽子」置換來的，自己的一切，是靠妻子犧牲政治生命來保全的！什麼是愛情？別看在舞臺上談情說愛，其實他從未好好想過。現在，他懂了！愛，不單是抱在一起，扭作一團。愛，需要捨己，乃至捨命。

自「戴帽」後，戴淑賢的話越來越少，當一個生命簡單到只想活著的時候，他對這個塵世也就可以簡單到無所求。對什麼都感到乏味，無論吃穿、說話、逛街、會友，這是戴淑賢的狀態。當初的日子，過得多起勁！漿襯衫、擦皮鞋、做羹湯⋯⋯還說要照著梅蘭芳收拾袁秋華。如今，連戲都不讓唱了，收拾得那麼體面給誰看？對於「戴帽」，起初是憤憤不平，百般委屈。田土是幾個人的共同財產，自己無非過於熱心地經營。熱心的理由也簡單——就是想把日子過好，還想通過自己的努力，把日子過得越來越好。這就是「罪」啦？而且，為什麼要讓她一個人當「地主分子」。時間一久，她開始給自己做說服工作，向著內心，反問一句：「我不戴帽，誰戴？」讓袁秋華戴？叫方衍生戴？兩個人都不能戴，戴上就斷了生路。她怪罪袁秋華事先不和自己商量，哪怕提前告訴一聲。後來，也想通了，丈夫無非怕自己一哭二鬧三跳井。

即使想通，戴淑賢也是無精打采，不知每日該如何打發時間。戴淑賢提出是否把老許辭了，自己下廚房。

袁秋華怕人太累，跟方衍生商量。

方衍生說：「淑賢的精神壓力大，也苦悶。讓她買買菜，做做飯，也好。」

有時大家湊起來打打牌，或到外面吃個飯。日子過得比四九年前沉悶多了。都說藝人的社會地位有極大提高，那是指梅蘭芳，程硯秋。一般藝人，特別是地方戲藝人跟京劇相比，那就差一大截了。在公私合營之後，很多藝人吃飯待遇多不如前。

「戲改」運動還沒完，「土改」運動來了。「土改」還在後期階段，「抗美援朝」運動來了。什麼都沒個預兆，一個社論，一個文件，一個傳達，事情就來了。所謂的「運動」，就像車軲轆一樣，滾動著開過來，碾過去。所向披靡，所向無敵。「抗美援朝」跟藝人沒啥太直接的關係，偏偏從河南出了一個常香玉。

報紙上說：朝鮮戰爭進入相持階段後，彈藥不足、缺衣少糧等困難讓志願軍面臨重重考驗。以美國為首的聯合國軍轟炸中朝軍隊的運輸線，缺少高射炮和飛機的志願軍退守三八線以北。為此，中國人民抗美援朝總會發出號召，推行愛國公約，讓大家捐獻飛機大炮以支援抗美援朝。六月間，電臺播發一條來自朝鮮前線的消息：中國志願軍某高地遭受百餘架敵機狂轟濫炸，全連戰士全部犧牲。消息傳開，國人捐獻熱情高漲，普遍接受了「抗美援朝」就是「保家衛國」的宣傳。

愛國高於生命！愛國高於一切！從高級知識分子到大字不識幾個的藝人對政府的號召，特別是對毛主席的號召，無一例外地從被迫服從迅速變成自覺追隨。在職的拿出工資，老人掏出存款，資本家獻出金銀。大作家巴金都用熱烈的筆調鼓動激勵老百姓，說：「每天我都感覺到有一種力量在推動我，有一種感情在激動我。」在昆明觀摩演出的程硯秋立即致函昆明文聯，響應號召。信函中寫道：「硯秋對於愛國未敢後人，僅將來西南後公演盈餘人民幣二千六百萬元捐納，作為初步的捐獻。」

二十八歲的豫劇女演員常香玉聽了廣播，一夜沒睡。

一大早，把丈夫陳憲章叫醒。心氣高萬丈地說：「志願軍在朝鮮打得太艱苦了，我們捐飛機，中不中？中，咱就幹。」

心氣也不低的陳憲章說：「幹。」

常香玉想捐飛機，卻沒錢。大家算了一筆帳：一架噴氣式飛機需要舊幣十五億，折新幣約十五萬。按常香玉演出的標價，即使場場爆滿，也需要不吃不喝地演上二百場。為了啟動義演，常香玉毫不猶豫地賣掉家中唯一值錢的卡車和房產，還掏出了壓箱底的最後一點錢。

說幹就幹。八月七日，她率五十九人的「香玉劇社」，從西安出發，開始了行程萬里的巡迴演出。白天不停地趕場唱戲，夜裡就睡在劇場，打地鋪。吃的是饅頭、鹹菜。戲碼特地選的是《花木蘭》，當然也是她最拿手的，唱的是一個女子替父從軍的故事。常香玉用她獨特的唱腔演繹得剛柔相濟、熱情奔放。一路上，當地黨政軍界負責人都踴躍觀劇以為支持。僅僅用半年時間，便籌集募捐到飛機所需十五億。飛機被命名為「常香玉劇社號」，很快運往朝鮮。

家家戶戶都知道，常香玉捐了一架飛機！她被譽為是「愛國藝人」，葉劍英為此題辭，劉少奇寫下「和平萬歲」四個大字，這極大地提高了國人的捐獻熱情。各劇種的角兒們自然不甘落後，特別是大角兒。梅蘭芳眉毛不皺一下，也無需帶著戲班搞義演。拿出工資、存款和幾年出場費，一個人直接捐了一架飛機，也沒把這架飛機命名為梅蘭芳號。

民國將領高桂滋把別墅賣了，剛好夠買一架飛機。

有個翻譯家叫楊憲益，把家裡的古畫賣了，讓洋太太把首飾賣了，也捐了一架。他不以功自居，後來有人問他為什麼捐飛機。他說：「那時飛機比較便宜，我買得起嘛。」

有人問常香玉為什麼這樣做？第一因素是愛國熱情。除了愛國，還有什麼？她後來這樣解釋了：「這沒有多大了不起，我再也不是下賤的戲子了，我就是為吃一碗痛快飯。」人家後來真的吃上一碗「痛快飯」，還不止吃一碗，當上第一屆、第二屆、第三屆、第四屆、第五屆……全國人民代表大會代表，頭銜越來越多，一路順風幾十載。

地方戲演員看到同樣唱地方戲的常香玉為捐飛機，唱一路，紅一路，走到哪兒都是黨政軍界頭頭帶頭看戲，接見。真是占斷春光，羨慕得要死。

方衍生指著相關報導和大幅照片，歎道：「說這個翻身，講那個翻身。我看真正翻身的就是常香玉。一架飛機，幾天之內就把自己弄成梅蘭芳。」

這話對袁秋華很是刺激，也是打擊。他清楚得很：有本事的藝人拚死拚活一輩子未必能紅。有的只能紅一陣，有的只在一個地方紅。這麼個唱梆子的、也不咋漂亮的女演員靠著捐獻扶搖直上，且名滿天下，神奇到難以置信。就是梅、程也是花了多少年、靠多少人的幫襯才成氣候。

袁秋華激動起來：「方爺，咱也捐獻，也義演呀。」

一般來說，藝人對於一些大事情的反應，不是過度，就是麻木。藝人被同為藝人的常香玉掀動起來的衝動，當然是過度，政府要的也是過度。

袁秋華迫不及待地對戴淑賢說：「把我寶貝玩意兒都拿出來。」

當金條、銀元、瑪瑙手鐲、珊瑚胸針、翡翠項鏈、鑽石戒指等物件一齊擺上圓桌的時候，袁秋華腦海裡浮現的，是男旦生涯的舊日情景。臺上走來，腰能折，臀能翹；臺下走去，風能起，雨能停。紅了以後，有住所、有積蓄，大多在省城和縣城唱戲。除了唱戲，那就是應酬。喜歡他的人，「海」了。登上舞臺有人「捧」，走到街上有人「跟」，回到家裡有人「等」。其中，他對一個女人持續又獨特的熱情，印象十分清晰——

每次去戲園子，袁秋華都坐包月的黃包車，穿過一條長巷。巷子幽深，兩側有一些大宅院。袁秋華最初沒怎麼留意，後來便發現經過巷子西口的一所宅院，會有個婦人立於半開的門後。門是黑漆的，她身著白衫，黑與白合成一幅水墨畫。幾次照面，當黃包車再路過的時候，袁秋華便向她微微躬身。這就叫「認識」了。

接著，事情又有新變化：一個女傭模樣的人在巷口守候，當遠遠看到他的黃包車駛來，就趕緊回去稟報。等經過宅院，只見黑色漆門半開，先竄出一隻大黃狗，爾後露面的是那婦人。她微微點個頭，那女傭便朝袁秋華懷裡扔去一個「紙團」，袁秋華則頷首作答。

他心裡清楚，那不是紙團。

戲開場，婦人又穩穩落座於包廂，依舊白色衣衫，若是冬季，則裹著銀色裘狐披肩。一個唱戲的、整本戲都記住的人，眼力、記性該有多好！袁秋華一登臺，眼角一掃，就認出她了。隨後，袁秋華託人打探，很快得知：她姓李，丈夫是國軍高級軍官，自投入抗戰，屢建戰功，一路提升。他軍校畢業，家境富裕。妻子李氏，就讀於省城一所教會學校。婚後輟學，隨丈夫遷徙南北，縱橫東西。因戰事頻仍，身心不定，她就常去看戲。看出了癮，迷上袁秋華。

李氏往黃包車裡扔的「紙團」，裡面多是戒指，有金，有銀，有玉石……一個個寶貝就這樣飛進了藝人的懷裡。總之，袁秋華的錦盒裡面塞滿自己掙來的、買來的和別人送來的、乃至扔來的金銀珠寶。包裡還裝著逝去的每一抹暖陽，每一縷清光，以及他默默承受的苦，不曾訴說的累。

「都捐？」戴淑賢輕輕問一句。

「嗯。」

方衍生說：「你也得給淑賢留幾件吧？」

袁秋華知道：方爺比自己還心疼戴淑賢。由於和方衍生的特殊關係，他不吃醋，說：「我給她留了鑽戒和祖母綠。」

方衍生滿意地點點頭。

「別給我留。都捐了，我也沒話說。」袁秋華覺得妻子說話總是有些冷，似乎面臨社會現狀，一切都是關乎性命的嚴肅與恐怖。

值錢的東西都捐了，結果有二。

一是自己沒能成為常香玉。官方什麼榮譽也沒給。借此而紅的盤算落空。

二是窮了。今後靠工資過活，只有好好地上班，乖乖地聽話。

天色漸暗，一場雨就要來臨。濃雲在天空匯聚，又起了風。雖已入秋，人的感覺還是很熱，洗浴後準備就寢。在毫無暗示的情況下，一個響雷就像在頭頂炸裂，雨滴如瓢潑一般「砸」下來。窗外的樹葉互相猛烈撞擊，彼此像有仇一樣。戴淑賢上床就狠狠抱住丈夫，動作跟著激烈起來。這是以前從未有過的。

「你怎麼啦？」袁秋華問。

「我要兒子！」戴淑賢的口氣幾乎是命令。

袁秋華無法拒絕了。儘管他不大喜歡孩子，也不喜歡自己有孩子。自從有了閣樓的一夜，他把自己從肉體到感情，一點不剩地獻了出去，且一往而情深。所以在他心底，對戴淑賢是很有些勉強的；後來轉而又想，自己能掙大錢，讓她舒服一輩子。但自打她「戴帽」，情況大變，覺得對妻子已經不是什麼歉意和愧疚，而是罪不可恕。田土主要是他買的。要說地主，他才是地主。為了能唱戲，就違心地讓她去頂罪，自己繼續當個自由職業者，在舞臺上旖旎風流。

「要兒子？我給你。」

「我馬上就要。」

「我馬上給你。」

「我要生三個。」

「給你三個。」

他們緊貼著，傾聽著，聽著幾乎不成人聲的喘息……

突然，袁秋華「哦」地叫一聲。

戴淑賢問：「怎麼啦？」

「三個！我恐怕養不起了。」

就在心情低落之際，袁秋華接到父親託人寫的一封信。說，現在是公私合營的高潮，可惜自己老了，又有病。跟不上形勢，準備把茶社關了。在街巷居民的要求下，還是保留了一個老虎灶，每天看著灶頭藍色的火苗和提著暖水瓶打開水的居民，茶客沒有了，茶香沒有了——信不長，但袁秋華讀出了無奈和寂寞。這種只有開水、而無茶館的日子，沒過兩年便因為袁掌櫃病故而徹底關張。說也奇怪，廖氏也跟著一病不起，後隨之而去。

袁秋華在父母指定的那塊墓地修了墓，立了碑。

他把茶社前的血櫸挖出來，移至墓碑一側。又把那張工工整整寫著「去唱戲，別找我。將來會像櫸樹。」的字條從上衣口袋取出，裝入一個小巧的水晶瓶子裡，掩埋於墓碑另一側。袁秋華覺得字條不是一行字，而是有許多字，記錄著曾經走過的路。封瓶口的時候，他覺得自己的生命也封死在裡面了。

辛苦打拼，總算殺出一條路，最終是把家殺沒。

十一段

路邊廢棄物

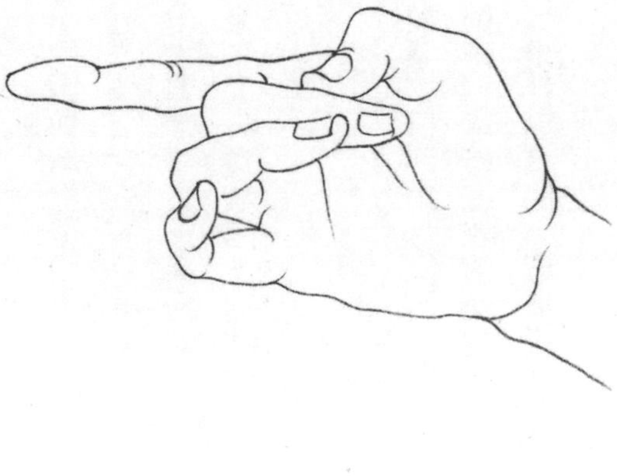

轉過一年，夏末時分。

忽地聽說北京要搞匯演，還是全國性的，全稱叫「第一屆全國戲曲觀摩演出大會」。不是每個省分都參加，但大劇種、老劇種大多有份兒。聽到這個能到北京演戲、看戲的消息，袁秋華一下子來了精神。不但他來了精神，但凡有點本事的藝人都來了精神。

參加匯演的人員分成觀摩團和演出團。名單很快就下來了，有袁秋華，列在演出團。而且說走就走。

「為什麼這樣急？」袁秋華問趙彤。

趙彤答：「白部長說了——由於全國禁戲太多，演出營業下降。周揚（時任中共中央宣傳部副部長）和沈雁冰（中央文化部部長）碰了個頭，琢磨著搞個匯演，讓同行交流交流，也想讓大家看看新政權下容許上演的戲都是什麼樣的。事情報到政務院，立刻被周總理批准。」

「那我帶什麼戲碼呢？」

「白部長沒講，他說你的戲都在身上了。」聽到這句，袁秋華很是舒心。

「戲碼都沒定，我就去北京？」袁秋華還是有些焦慮。

趙彤說：「匯演的決定很倉促，很多省分都是措手不及，索性帶著劇團直接來北京，見機行事唄。」

「噢！如果都是這樣，那我就不急了。領導說演什麼戲，我就照老路子來。」幸虧來不及準備！各個劇種為展示水平，都不約而同地選擇了本劇種的老戲和名家。恰恰是沒有改動的老戲，撐起匯演一片天。

到了北京，又聽說匯演的劇目要評獎。這一下，又讓各省文化領導幹部抓瞎了。什麼戲才能獲獎？那還用想，當然是身懷絕技的名角兒的看家戲啦！袁秋華就是身懷絕技的名角兒。白部長慶幸自己的決策，即使新政權廢棄男旦，不讓登臺也要帶上，興許能派上用場，果然派上用場。

把袁秋華請到招待所的一間會議室，桌上有香菸和茶水。

白部長客氣地問他對招待所的伙食是否習慣？晚上睡得如何？一一作答後，開始進入正題：「袁老師，你好好掂量，在你的拿手戲裡，什麼戲有可能獲獎？」

「我只會演戲，獲獎的事要問領導。」

「那你說，什麼戲最能叫好？」

「大本戲靠情節，折子戲靠表演。我看還是挑一齣折子戲去參加比賽，把握大些。」

「那你再好好想想，在你擅長的折子戲裡，最好看的是哪一齣？」

「都好看！」袁秋華說。

「為什麼？」

「白部長，你想呀，大本戲裡能單獨挑出一折或幾折來演，那裡面肯定有好玩意兒啦。」

「對。」

袁秋華遲疑片刻，說：「有個折子戲叫『追舟』，白部長知道不？」

「知道。」

「你看過我演的『追舟』嗎？」

對方搖頭。

袁秋華起身，站到會議室一塊無桌椅的空地。說：「請看我的腳——」

「追舟」講述一個年輕尼姑從庵裡偷跑出來，到江邊搭舟，追趕臨安赴考一介書生的故事。情節簡單而技巧豐富，唱腔不多但動作不少。一切發生在河中，完成於水上，全靠演員的虛擬表演，描畫出推船、乘船、行舟、迎風浪、遇急流、過險灘的一路情景。這是袁秋華的拿手戲。他的「揉步」，尺寸細密到難以察覺。在舞臺上不停地移動雙腳，力量在腳趾、腳掌、腳跟間交替輪換，「揉」得像篩子上走豌豆那麼圓滑。

袁秋華說：「腳下揉圓了，身上就圓了，水袖和文帚也跟著圓了。」如此功夫，白自力豎起大拇指！

即使是唱和講、或講唱之間，袁秋華也在揉動雙腳。「揉功」再配以上身的後仰前撲，軀體的時蹲時起和一雙水袖的翻撲，那種人在舟，舟在水的場景，活靈活現地擺在眼前。身姿搖動，眉目轉動，盡顯少女情竇初開的嬌澀之態。動作連貫細膩，如雪片流雲。幾個圓場下來，他已然渾身是汗。

白自力當機立斷，決定把「追舟」列入演出，參加比賽。他語重心長地說：「袁老師，在舞臺上我們廢除了男旦，但你們的技藝要保留下來。」

「怎麼保留？」

「最直接、也是最有效的辦法是傳授給女演員。」

袁秋華不說話了。

白自力索性直說：「『追舟』獲獎的可能性極大。但你不能登臺，請你挑一個女演員，就在這個會議室教她一招一式，特別是『揉步』。」

「哦。」袁秋華口氣冷冷的。

兩天過去，袁秋華教戲的態度不冷不熱。人家當然不積極啦！這不等於把自己的孩子抱給別人嗎？技藝是藝人的飯碗，比命要緊。

第三天，白自力到會議室找到袁秋華，鄭重道：「只要你毫無保留、傾心傳授，我們會建議有關部門考慮給戴淑賢摘掉地主帽子。」

「是非要獲獎才摘嗎？」

「不獲獎，也摘。」

「真的？」

「真的。但是她還要保留一個地主的身分。」

袁秋華聽懂了：這是一個交換。

白部長攥著他的手，捏了捏，說：「你為什麼比女人還女人？」

袁秋華的心是酸的，覺得自己一步一步地成為路邊廢棄物。

十二段

無藏身之所

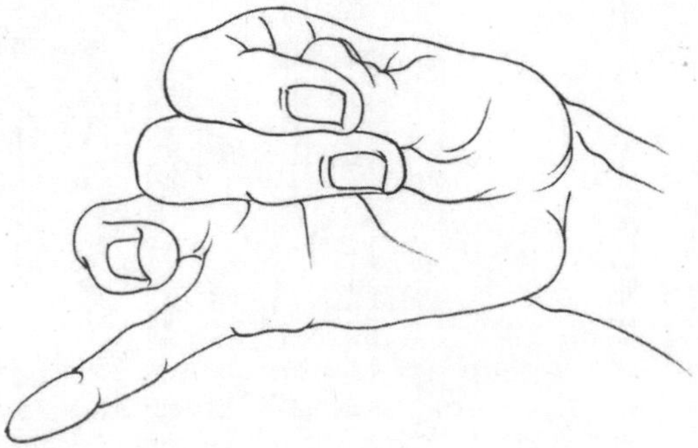

上午十點左右走進劇團藝術室，看報，喝茶；之後排練場走一遭；之後聊天；再後是午飯——這是袁秋華上班內容和程序。頂多有個別的年輕演員，向他請教一些身段和唱腔，他不怎麼盡心，也無需盡心。在老的戲班，「師傅（或老師）」二字，不是你隨便喊的。師徒有嚴格的界定，有書面合同，有拜師儀式。而現在的所謂學生，無明確的師承關係，無親授劇目，無形影不離的傳習與相處。所以袁秋華也敷衍了事：你問一句，我答一句，你問一段，我教一段。偶爾有好學愛問的，就多說兩句。

該吃午飯了。劇團有簡易食堂，兩個炊事員做幾葷幾素，一盆米飯一桶湯，了事。一般都是年輕的單身男演員去就餐。袁秋華只有在萬不得已的情況下，才去食堂。在他的手提包裡，總備有點心、餅乾和糖果。餓了拿點出來吃，就算應付過去。

推門走進藝術室的是張萬興。

「又來蹭飯啦。」袁秋華瞥了他一眼。

張萬興嘻皮笑臉道：「袁老闆，你就算把田土交了，把首飾捐了，也比我們有錢！為什麼你一月一百四，我一月四十。這叫什麼？這就叫命。」

袁秋華用「韻白」問道：「此言怎講？」

「俗講就是——命裡該你吃窩頭，就絕不給燉肉。名角都是吃燉肉的，我這個窩頭要蹭你一頓。」

「今晚是不是你的青蛇？」袁秋華問。

張萬興點點頭：「對了。算我沒白跟你這麼年。」

「方爺呢？」

「還在給蝦兵蟹將排練呢！有些人別提有多笨，昨天說的，今天就忘了。」如要演出一個大戲，角兒們可沒那麼多的時間和精力給配角說戲、對戲、排戲。於是，就要由方衍生這種行家裡手來包辦代理。

袁秋華說：「你知道為什麼嗎？因為他們記得住、記不住，演得好、演不好，每月都掙那麼多錢。哪兒像從前唱戲呀，一個字唱錯了，銅板就沒了。出了大錯，板子伺候。」

張萬興：「是，是。」接著問：「今天吃哪家呀？」他知道周遭四條八巷的菜館、茶館、麵館、酒館，袁秋華是吃遍的，不過分地說，全城的菜館也大多吃遍。

袁秋華用無名指劃了劃耳朵，說：「那就吃『油鹽在耳』吧。」

「油鹽在耳」是一家麵館。吃飯有人講究精，要山珍海味；有人只求吃飽，有碗湯麵就行，湯裡有菜有肉，最能解寒去飢。特別是夏季餘溫散去，秋風陡至。涼風一吹，人立刻餓了！點心、餅乾沒用，就是要碗湯麵。一股腦咕嚕嚕下去，肚子裡全有了。

「好極了，我正想吃豬肝麵和肥腸麵呢。」張萬興有一張看著不年輕，也覺不出老的臉。他最大的缺點是無趣，女人不喜歡他，小孩也不大喜歡他，一直打單，生活內容基本上就是三樣：練功、排戲、演出。吃飯的主要品種，就是雞蛋炒飯。戲班裡喜歡他的人是方衍生。因為不管什麼戲，誰臨時缺陣了，他都能補上。

張萬興今晚演青蛇。這個劇種裡青蛇是個時男、時女的角色，性別轉換完全依照劇情需要而定。在「金山寺」一折，青蛇是男身，武生應工。為了表現白娘子一路風塵，登高遠望，尋找許仙的急切，白蛇的扮演者一腳立於青蛇的肩頭，另一腳懸空，上身微探，類似芭蕾的「托舉」。青蛇風馳電掣般地行走，圓場越跑越快，白蛇引頸張望，高聲呼喚「許郎，許郎」，兩人表演充滿張力與激情。劇情如火如荼，技術若花似錦。技術為劇情而控制，技巧為表演而服務。天上人間，忽男忽女，「金山寺」一個場面下來，就把觀眾徹底征服。

跨進「油鹽在耳」，袁秋華喊一聲：「茶來！」

「袁老闆！」從老闆到夥計都認得他，趕忙圍攏過來，噓寒問暖。

「幾人用餐？」

「三、四個。」

「想吃點什麼？」

「當然是麵啦，外加葷素小菜。」

「油鹽在耳」最拿手的是各種麵條。應該說，麵條是最能體現中國人食慾的東西。北京的炸醬麵，上海的陽春麵，武漢的熱乾麵，四川的擔擔麵，廣東的豉油皇炒麵，山西的刀削麵，鎮江的鍋蓋麵，陝西的油潑麵，昆山的奧灶麵，蘭州的拉麵，河南的燴麵，延吉的冷麵……林林總總，似乎每個地區都有自己的麵條，就像每個地區都有方言和劇種一樣。

袁秋華要了四碟涼菜：熏魚、素雞、醬豬蹄和五香豆乾。一邊吃、一邊等人。他喝了兩口茶，夾了一塊豆乾送進嘴裡，便抬眼透過窗戶看便道上的行人，還不見方衍生、張萬興和老戴的身影。

一個中年婦人領著個小男孩進了菜館。素面，黑衫，灰褲，白皙面孔和從容步履以及寒星般的眼神，引起了他的注意。在將近十分鐘的等候時間裡，黑衣婦人不發一語，不視一物地靜坐菜館靠牆的一角。小男孩也是安靜，挨著母親一動不動。

袁秋華一下子覺得「臉熟」，想起來了：就是她，那個曾在家門口向他拋戒指的李氏。

「來人。」袁秋華招呼菜館夥計。

「袁老闆，要菸，還是要酒？」

「請你給坐在牆角的母子，送半隻醬鴨和一份熏魚，用荷葉包紮送過去。包括她的這頓飯錢，都掛到我帳上。」

兩包熟食一齊擺上餐桌，李氏面露驚疑，搖頭又擺手，表示不能接受意外之物。夥計笑著用手指了指坐在麵館中央大方桌旁邊喝茶的袁秋華，俯身跟她說了兩句。跟腳，夥計來到袁秋華這邊，說：「那個女同志要過來面謝，問可不可以？」

袁秋華走了過去。李氏拉著小男孩起身，雙手合十，低聲道：「謝謝，謝謝，讓袁老闆破費！」

頭髮無光，肌膚無光，衣服也只是乾乾淨淨罷了，這與從前的雍容華貴很難聯繫到一起。袁秋華心內一驚，不禁問來：「趁我約的人沒來，能跟我說說，夫人現在的生活情況嗎？」

「這些年戰事激烈，家屬們驚魂不定，終日提心吊膽。什麼都做不了，只有打牌，幾家相約，輪流做東，白天打，晚上打。輸與贏都好說，最怕有噩耗傳來。一會兒來報，某太太的丈夫犧牲；一會兒又報，某老太的兒子陣亡。一旦誰接到不幸的消息，姐妹們推倒牌局，抱在一起痛哭。」

「孩子的父親呢？」

「先生開赴臺灣去了。」

袁秋華問：「哦！夫人怎麼沒有同行？」

「唉，那段時間我在照顧病危的姐姐，一時走不了。他說好來接我，後來兩邊就不通了。」危機四伏，勢如累卵，人被狂風驅趕到懸崖，逃走已經來不及了。

「後來呢？」袁秋華問。

「後來，靠典當度日。」

「再後來呢？」

「再後來，靠糊火柴盒過活。」

戰事尚未結束，革命迎面劈來。袁秋華聽了很吃驚：「這些情況，我一點沒想到。」

「袁老闆！」李氏警惕地看了看四周，用很低很低的聲音說：「窮不可怕。就怕抓你、關你、管制你。」

「啊，為什麼？」

「就因為我是國民黨軍官太太。想必你知道三月全城大搜捕吧？」

袁秋華點點頭。

李氏說：「我們幾個沒有來得及去臺灣的女人都抓了，關了好幾個月才放。」

「你們又沒幹什麼，不就是軍人家眷嘛。」

「我們幾個女人就是打聽如何去香港，目的是想先走香港，再去臺灣和丈夫團聚。」

「太太當然要和丈夫在一起了。」

「人家可不是這樣看。結果是我們每人頭頂一個『反屬』帽子，接受政府管制。」

聽到「帽子」二字，袁秋華臉色凝重起來，轉而問那孩子：「你叫什麼？」

「我叫李實，小名石頭，在讀小學。」

「快給袁叔叔鞠躬！」

「袁叔叔好！」

「袁老闆，他是我姐姐的孩子。姐姐患病時，我就帶著他。病故後就跟了我。聰明，懂事，脾氣倔，大家都叫他石頭。」

袁秋華又問：「你家那所宅院呢？」

「讓共產黨沒收了，說是逆產。」

石頭插了一句：「他們把我家的大黃狗殺了，吃了。我記得動刀子那人的長相，等我長大，要是在街上遇見，我一定殺了他。」

「不許胡說！」

膽小懦弱的袁秋華看著這個濃眉大眼、皮膚略微黝黑的石頭能記仇，聲言「報復」，竟很有幾分佩服。遂問：「你們現在住在那裡？」

「住在公共廁所旁邊的一間平房裡。」接著，李氏問：「袁老闆，身體還好嗎？戲班還在吧。」

袁秋華說：「老戲班沒了，東西都充公了。我在勤勞劇團上班，有時間來看戲，不用買票，提我的名字就行了。」

一碗豬肝麵，再來一碗大腸麵，濃油赤醬帶著「下水」的腥臊，酣暢淋漓地吃下去，如下山覓食的餓獸——張萬興就喜歡這個口！

方衍生要的是肉丁麵，加一點辣子，慢條斯理，挑肥揀瘦，好像是早已吃飽。最後見碗底剩下些零碎肉丁，人似乎來了精神，用筷子一粒粒夾起來，吃個乾淨。

給老戴端來茄丁打滷麵，麵裡撒了一些生蒜末。他喜歡這個吃法，說「又香又清淡」。

袁秋華面前是一碗豬油青蒜麵，亮澄澄的湯，細長長的麵，上面飄著玉色油菜葉。

「袁老闆怎麼吃豬油麵？換一碗雞湯麵吧？」張萬興說。

「這個你就不懂了。各種麵裡，豬油青蒜最好吃。」

「我有時也做一碗，不過放的小蔥。」

「小蔥不行，必須是青蒜。」因為和李氏的談話，袁秋華越吃越沒胃口，用筷子把麵條挑起又擱下。

方衍生說：「你剛才還好好的，怎麼忽然吃不下啦？」

「我遇到一個人——」

「誰？」

「就是坐在旮旯角的那個婦女。」

方衍生、張萬興、老戴偷偷瞟了一眼，袁秋華簡單講了講她的身分和近況。

方衍生感慨地說：「難怪了，很憔悴。」

張萬興說：「這女人還是漂亮，可以再嫁嘛。找個工人，『反屬』帽子不就沒了？」

袁秋華忿然道：「你說的是混帳話。」

「我是為她好。」

李氏和石頭吃完飯，要結帳。

夥計過來，說：「袁老闆結了。」又再遞上一個荷葉包給石頭，說：「這份滷肉，是他身邊那個姓戴的爺爺專門送給你的。」

不知為什麼，戴文孝非常喜歡石頭，說這孩子身板篤實，眼睛黑亮黑亮的，將來定是個能擔事的主兒。

一週後，身為副團長的趙彤找袁秋華個別談話。雖然是個副職，但袁秋華得聽他的，因為人家代表了黨的領導。

「是不是你認識一個國民黨軍官的太太？」

「是啊。」袁秋華一臉愕然：「有問題嗎？」

「沒問題。不過，你的社會關係本來就複雜，今後要多和工農大眾交朋友，交往中要走階級路線。」

等他把話說完，不耐煩的袁秋華起身離開，還重重地摔了門。

當夜，方衍生、戴文孝演出回來，買了一瓶燒酒，三個男人連同戴淑賢在客廳吃夜宵，袁秋華把趙彤的那番談話內容講了出來。

方衍生一拍桌：「這肯定是張萬興匯報的！」

「他跟趙彤說這些幹嘛？」袁秋華十分不解。

戴文孝說：「幹嘛？表現自己進步唄。」

方衍生臉色一暗：「這叫告密！有一就有二，有二就有三，他以後還會這樣做。」

忽然，戴文孝喊了一句：「張萬興八成是要入黨吧？」

袁秋華愣了。

許多弱點常常在關鍵時刻才暴露出來。而革命讓藝人把所有的弱點，瞬間暴露無遺。袁秋華是一個唱戲的，從來不關心政治，也不知道什麼叫政治，也不知道什麼是立場。現在突然發現自己在出身、立場、思想、工作以及社會關係等各方面都有問題了。連在飯館碰上什麼人，說上說幾句話能成為一個問題！袁秋華覺得自己再也找不到一個藏身之所。

戴淑賢似乎聯想起了什麼，問丈夫：「這個國軍軍官太太叫什麼？」

「李群玲。」

戴淑賢說：「秋華，我拿一樣東西給你看。」隨即上樓，下來時手裡拿著一枚方形金戒指，舉到丈夫眼前，問：「是不是這三個字？」

他一看，戒面背後刻的三個字，正是李群玲。

「這是怎麼回事？」袁秋華驚問。

「讓我爸告訴你。」

老戴講的往事，讓四個人陷入沉默。不同的人生，有的意外身亡，有的一嫁再嫁，有的從角兒「轟」到臺下，有的由太太變為「反屬」。易代之際，命運彷彿在和每個人成心作對，而每個人連掙扎的空隙都沒有，便傷痕累累地去洗心革面，去重新做人。人生真的都是這樣嗎？所遭之變，所遇之時，想來無不心寒。

不久，張萬興成為「勤勞劇團」第一個藝人出身的中共黨員，提拔為副團長，排在趙彤後面。

十三段
重温輕佻與放浪

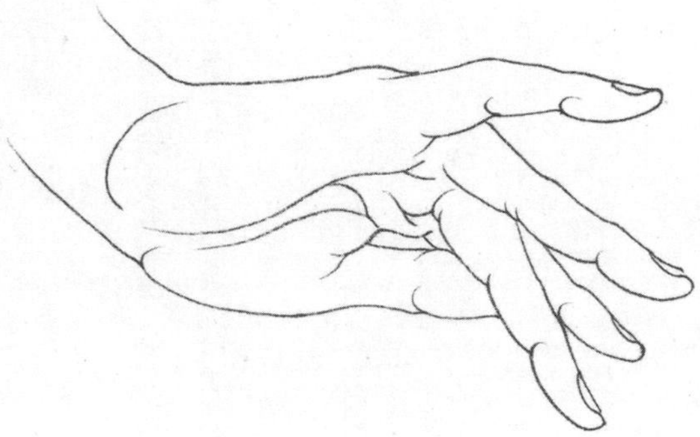

每到下午五點來鐘，劇團傳達室的李大爺就拿著一串鑰匙去鋼琴室、閱覽室、排練場、會議室鎖門。再順著圍牆內側，慢悠悠轉一圈——全天工作到此結束，回到傳達室聽收音機，單等夜裡演出歸來的人返回劇團。

這一日，李大爺準備鎖鋼琴室的門，覺得從裡面發出「哎呦，哎呦——」的呻吟，聲音不大。

李大爺喝道：「誰在裡面？」

無人應答。

李大爺推開門，見一個人俯臥在長條木椅，一把不長的水果刀，插在光光的屁股上，一股血從刀縫中流出。

見狀，李大爺嚇呆。握著門把手，一動不動。

「李大爺！」

「袁老師？」

屁股上插刀的是袁秋華。

「請你找條棉被把我蓋上，請你把我搭到劇團那輛三輪板車上，請你蹬車把我送到醫院。李大爺，求你別告訴任何人，我會好好報答你。」袁秋華的「三請」，是哭著說的。

這「三請」，李大爺先後都做了。但他回到傳達室的第一件事，是向黨匯報，給趙彤打了電話。

「護送」他去醫院的除了趙彤，還有派出所的兩個民警，其中一個是副所長。副所長是個戲迷，聽說屁股上插刀的是名角，說什麼也要親自投入工作。

刀子單薄，插入也淺，很快取出，顯然，實施者是想教訓他。傷口及時做了處理，也無大礙，便開始了介乎審訊與調查之間的談話。袁秋華一雙眼睛盛著兩潭深怨和一層薄淚，而內心則如寒風在山野荒原間奔突，呼號——

這是一九六四年夏季，劇團隨「四清」工作團下鄉演出去了，為了配合運動，趕著編演了幾個小型現代戲。有表揚公社倉庫保管員的《紅管家》，有敢於割資本主義尾巴的《兩塊六》，有提倡鬥私批修的《竹林旁邊》等。這些戲在袁秋華眼裡都不是戲，有個美國教授講了一句「中國沒有藝術，只有宣傳」，他覺得對極了。

袁秋華沒有跟團下鄉，不是因為他無事可做，而是由於戴淑賢懷孕了，胎位不正，需要好好調養。他以照顧妻子為由，留在城裡。袁秋華很高興自己能不下鄉，能不看這些不是戲的戲。他一心盼望的，就是能有點兒屬於自己的時間，而最怕、最煩的就是開會：學習會、報告會、總結會、生活會、批判會。一些私下裡說的話，一些帶著體溫的動作，在某個境況下說的話，以及曖昧、輕佻、黃色，突然在一個公眾場合惡狠狠地提了出來。一些來自本能的習性和動作，經過公示和渲染瞬間變得邪惡、醜陋。所有針對你的發言、談話、批評，哪怕只有一句，也無不令袁秋華感到是在當眾羞辱。有一天，他在飯桌上被年輕演員慫恿著唱一首「我得不到你的愛情，像春花沒有雨淋……」（姚莉《得不到的愛情》）。唱罷，架不住一桌人的狂讚，又接著唱「那南風吹來清涼，那夜鶯啼聲輕唱……」（李香蘭《夜來香》）。沒過兩天，就在學習會上被揭發出來，受到批判。揭發者、批判者就是坐在旁邊一個勁兒攛掇他唱的人。都說戲班「俗」，現在又加上一個「壞」，處處飄散著冷酷，瀰漫著殘忍。在對外部世界不能信任的情況下，袁秋華選擇收緊自己。

儘管情懷早已收攏，但內心還是渴望重溫昔日的輕佻與放浪，哪怕只有一天，一次，一點點。

機會來了。

劇團分配來幾個戲校畢業生，女的亮麗，男的光鮮，專業成績不錯，也有上進心，都躍躍欲試的。來了好幾個月，卻沒有機會登臺，頂多當個龍套。他們不安心，也不甘心，便向劇團領導建議：能否給他們幾個人排練一齣新戲或老戲新排。前提是戲要比較好看，角色行當比較整齊，有唱有念有做，最好還能有點特技。趙彤等人覺得這個建議不錯，正愁劇團演出的劇目單調，上座率不高呢。問題是排什麼戲？他找來方衍生、袁秋華和已經是副團長的張萬興等人商量。琢磨來，琢磨去，你一句、我一句地建議了幾個戲，似乎都不大滿意。

方衍生說：「你們看《大劈棺》怎麼樣？」

袁秋華的眼睛，一下子亮了。

張萬興說：「好哇！從『扇墳』到『劈棺』，從頭至尾都有戲。」

方衍生解釋道：「我們是給學生做登臺表演的訓練，所以不必搞全本，只弄幾個重點場次就可以了。是不是找個人把本子收拾收拾，讓它有點情色，但絕不色情；讓它有點驚悚，但絕不恐怖。你們看怎麼樣？排好了，要是不錯，就請白部長來審查，我們再說演出的事。」

都說這個主意好。袁秋華的眼睛為什麼「一下子亮了」？因為這個戲他拿手！

尤其「思春」一場——女主角田氏自喪夫後，獨守空房，寂寞難遣。冷面似灰而心熱如火，既有追求夫妻生活的渴望，又有新寡後難以抑制的情慾，這裡面有情感的、心理的，乃至生理的諸多成分。舞臺正中靠後的位置，擺放一個長方形桌子。袁秋華扮演的田氏站立於前，雙臂向後撐住桌沿兩端，盡情施展腰功：扭腰、伸腰、彎腰、挺腰、轉腰，腰的動作帶出兩條長腿的屈伸、搖擺、晃動、挪移。形態綿柔，情態嫵媚，以此表達難以抑制的慾求。學生們看了，讚歎不已，又一再要求袁老師綁上蹺再演一回。

袁秋華表面推脫，心裡求之不得，好久沒踩蹺了，太想過把癮。

果然！踩上蹺，整個形象變了：變得更美，更像女人。腳底輕若流水，衣袂翻舉如雲，一雙眼睛靈若滾珠，散發著逼人的浪蕩與輕浮。

幾個畢業生佩服死了！「袁老師，袁老師」成天價喊著，跟著屁股後面。這種「擁戴」與「折服」，可謂久違了，袁秋華欣喜若狂，經常處在亢奮狀態。排完戲，便拉著學生下館子，不是米飯炒菜，就是餃子包子，有時還喝點小酒。他最喜歡那個演莊周的大男孩。看他，有如看到過去的自己，禁不住拉拉他的手，柔軟；摸摸他的臉蛋，滑嫩；有時還拍一下屁股，他微微地笑著，好像很受用。混熟了，就帶到家裡去玩。每次都有好吃的零食供應。先頭，還只是說說戲，學著綁蹺、踩蹺、聽聽唱片、說說笑笑；後來，他們就在袁秋華的臥室喝酒、抽菸、嬉笑、打鬧；有時還把臥室的門的關上⋯⋯人的習慣如此頑強，和鄉音、口味一樣，永遠改不掉。

好幾次，「莊周」的母親發現兒子回家都是先換內褲，再做別的。她留了個心眼，偷偷從腳盆裡把內褲撿起來看，發現黏有漿液，湊到鼻子底下聞了聞。她斷定這是一個男人的精液，立馬告訴了在肉鋪幹活的丈夫。

丈夫說：「孩子讓男人搞了。」

「啊，男人搞男人？」

「你懂啥？這叫雞姦，前頭吃後頭捅。從前戲班裡多了，現在屬於犯罪。」

老婆聽了，驚呆嚇傻。

兒子演出回來，興致勃勃的，一邊哼著王人美的《漁光曲》，一邊打開碗櫥找點吃的。

父親一把將他推進小廚房，插上門。一隻手攥著他昨天換下的內褲，一隻手攥著家裡常用的水果刀。厲聲逼問：「你給我說清楚，搞你的男人是誰？」

孩子全身哆嗦，嚇得一個字也說不出來。

「是不是你師傅？」

沉默。

「他叫什麼？」

還是沉默。

父親幾個耳光搧過去。

「袁秋華。」莊周說出來。

「以後不許讓這個姓袁的碰你，你也不許『黏』上這一口。我要是知道你們以後還搞。就把刀子插到你屁股上。」

孩子趴在案板上痛哭流涕，苦苦哀求父親別四處張揚。

父親答：「我不張揚！」

天上無風，四下無人。

父親沒張揚，只是動了刀。但刀子沒插到兒子屁股上，插進了袁秋華的屁股。

彷彿武林高手突然武功被廢，袁秋華所有的能力與體面，於瞬間消失。

十四段

「內控」

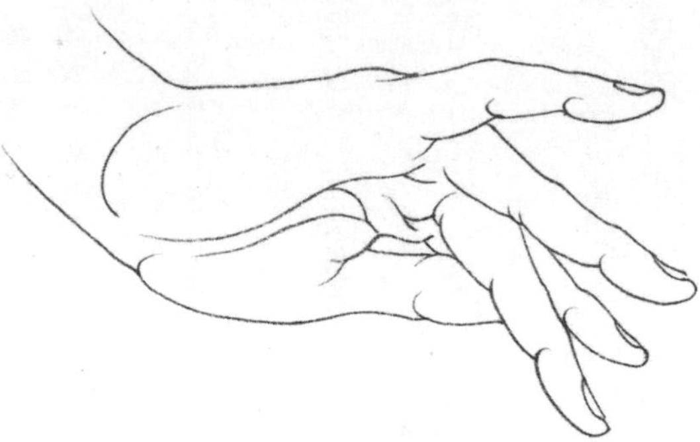

調查結束，袁秋華等候處理，每日有如聽候宣判的犯人，驚恐、慌亂、忐忑、畏縮，還有悔恨自責，好像隨時都會失聲哭出來。俊美的面龐沒幾天就變成一副醜陋的苦相。由於連續失眠，也失去了素日的血色。

世上總有讓人不解的東西：一個哲學家、藝術家、政治家、詩人，同時可能也是一個殺人犯、惡棍、小偷。袁秋華就是藝術家兼雞姦犯。

一輛小轎車旋風般開進了劇團大門。傳達室李大爺追出去的時候，它已經停在院內。剛停穩，轎車後門被推開：白部長來了，跟在後面的還有兩個幹部模樣的人。看這陣勢，非同一般。劇團一向是熱鬧的地方，演員自己製造熱鬧，也愛看別人的熱鬧。

看白部長來了，後面還跟了人。一個經常打架鬥毆、進出派出所多次的武丑，認出了那位副所長，立刻高聲宣布：「派出所也來人了，還是副所長。咱這兒有戲啦！」

「是不是要處理袁老師了。」

「今天會抓他嗎？」

「屁股上挨了一刀，袁老師夠倒楣的。」

「人家老爹在肉鋪幹活，自會飛刀弄棒！」
演員都是大嗓門，躲在屋裡的袁秋華聽得分明，嚇得都快尿褲子了。

三人走進團長辦公室，趙彤正待沏茶。

白自力擺擺手說：「不用了。今天公安局同志宣布對袁秋華處理結果。你把他找來。」

「我還叫其他人嗎？」

「不叫。」白自力想了想，又道：「叫方衍生來。」

趙彤很奇怪：既然是宣布，自然應該是當眾宣布，為什麼只要當事人聽？

袁秋華來了，臉色蠟黃，目光低垂，腿怎麼也站不直。

白自力沒有和他握手。平素的和藹親切以及那帶著痴迷的眼神，一掃而空。只是簡短一句：「你幹的事情，自己清楚，政府也清楚，就不說了。這是公安局同志，向你宣布處理結果。」

一個公安幹部從腋下公文包裡，取出蓋有紅色印章的一張紙，宣讀對袁秋華的處理結果。結果——雞姦，犯罪行為，內定壞分子。

袁秋華怯怯地問：「什麼叫內定？」

答：「就是內控。」

又問：「什麼是內控？」

這讓白自力哭笑不得：舊藝人就是瀕危物種，啥都不懂，他們無非按從前的規矩、惡習和毛病生活。

公安幹部解釋道：「內控就是政府確認和掌握你的壞分子性質，只是不戴帽子，不對外公布，包括對你的家屬。」

「這是照顧你的臉面。懂嗎？以後要洗心革面，端正做人。」白部長補了一句。

如釋重負，他一動不動地「愣」在那兒，彷彿驀然從陰間回到陽世。

急得方衍生大聲喊道：「袁秋華，你還不感謝政府感謝黨！感謝白部長！感謝公安局！」

袁秋華回過神來，頻頻鞠躬，連連作揖，口口聲聲道：「感謝政府感謝黨！感謝白部長！感謝公安局！」淚水從眼眶流溢出來，並失聲斷氣地抽泣著。

小轎車駛出劇團。白自力從車窗望著一派世俗氣息的街景：懶散的行人，吆喝的小販，飯館冒煙的鍋灶，百貨公司進進出出的人流，馬路兩側的綠樹以及天空的藍，輕柔的風……景致尋常又普通，卻讓這個中共官員生出感慨：人哪，肉體需求和快感是控制不了的，也是法理控制不了的。他覺得男人心理都有點齷齪，哪怕身處高位，被人讚美。

沒有不透風的牆！何況是屁股上插刀，何況是名藝人。藝人從來就是讓人評頭品足的，也喜歡被人評頭品足。但這次完全不同了，它牽扯到品質，涉及到犯罪。袁秋華深感羞恥和狼狽，渾身都在痛，感到骨頭散得歸不攏，凡有縫的地方都鑽進了風。原來演過上百齣戲，最難演的角色是自己。

回到家中，逕直走進方衍生的房間，大慟。

方衍生拍拍他的後背，說：「時間一久，這事兒就過去了。」

接受不了的是戴淑賢，在極度的震驚中胎兒流產了。她想到了離婚，和父親商量。

戴文孝說：「男跟男，在戲班是常事。你問問京劇的王大爺、李大爺有過沒有？那『莊周』的爹是一個賣肉的，把刀插在屁股上算是客氣，沒插在胸口上，沒割掉雞巴。」

對這件事，戴淑賢再次選擇了「忍」。顯然，她考慮問題的出發點不是感情，而是日子。首先她不工作，也不打算工作，更不會工作。其次，她身體不好，打小就不好，現在也不好，將來老了，就更不好了。所以她需要一個人來供養。再說，父親在戲班，這就注定自己一輩子的環境和處境了。此外，她還有個丟不下的人，自然不是袁秋華。

生活不會結束，但對藝人來說，最重要的東西正在迅速失去。

十五段

誤了俺武陵年少

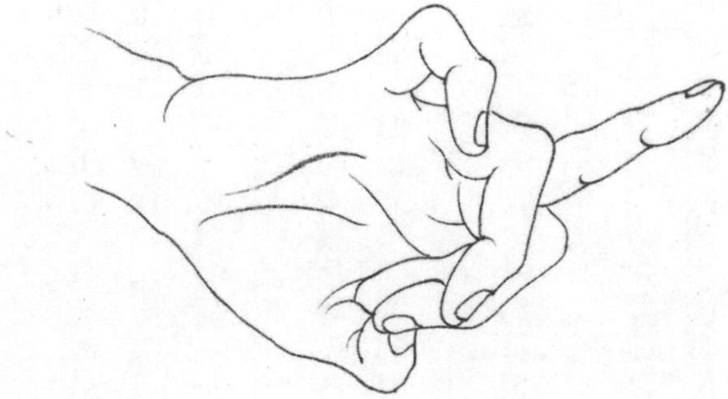

戴文孝是個梳頭的。但對戲班後臺的一切都熟悉得很。戲班後臺也有行當：盔箱（管盔頭及各種帽子、髮套），衣箱（管服裝），包頭桌（專為旦角梳頭、戴頭飾），水鍋（燒開水、熱水），檢場（擺放舞臺桌椅、道具）等。他佩服的人，從前不是大總統，現在不是總書記。他只認角兒。這不光是由於自己的職業是伺候角兒，靠角兒吃飯。主要是覺得角兒的本事大了。什麼叫本事？每人各有解釋，比如成就大、能力強、水平高、手藝絕、技術好等等，但戴文孝的理解與眾不同。一次他和女兒在一家小有名氣的雜食店買糖炒栗子，排隊的人還挺多。他頗有感慨地對女兒說：「丫頭，我告訴你什麼叫本事吧！這兒，幾十人排隊都是想吃剛出鍋的栗子。人家方再生過去就能拿上一包。這叫能耐，也叫本事。」

戴文孝喜歡小議論。隨時隨地有感而發，評家國大事，議隔壁鄰居，懂與不懂，都要說兩句。這習慣在從前不是「事兒」，到了強調階級鬥爭的階段，那就是「事兒」啦。

他喜歡泡茶館，聽說書。什麼《三國演義》、《三俠五義》、《說唐》、《楊家將》，百聽不厭。可到了當下，都換成了講《奪印》、《紅岩》、《霓虹燈下的哨兵》、《野火春風鬥古城》。講點新書也成，但他覺得不能老講，天天講，反覆講。他牢騷大了，把個銅質茶碗托兒，拍得「當當」響。一次，茶館又在說《奪印》。他心裡就不耐煩，加之中午的酒喝多了點。便隨口罵道：「奪什麼印，有什麼可奪的？這印不就在共產黨手裡嘛！」嚇得茶老闆趕緊過來說：「老戴，你先出去醒醒酒。」

李宗仁夫婦從美國回到大陸，報紙、電臺整日價播送和宣傳。李宗仁乘機抵達北京機場那天，下了飛機，就發表聲明。說：「十六年來，我以海外待罪之身，有感於我全國人民在中國共產黨和毛主席英明領導之下，高舉著社會主義建設總路線的紅旗，堅決奮鬥，使國家蒸蒸日上……」劇團乘著演員早晨練功、練嗓，每天八點都用大喇叭轉播中央人民廣播電臺的時事新聞。戴文孝走在院子裡聽到李宗仁這番講話，立刻笑了，帶著輕蔑和調侃說：「有誰夠得著李宗仁？問問他知不知道——咱這兒吃飯要糧票，穿衣要布票，吃肉要肉票，洗衣服還要肥皂票？李先生八成在美國混不下去了吧？」這幾句，把那些壓腿的、下腰的、吊嗓子的、洗臉刷牙的、靠著門框發呆的，逗得哈哈大笑。

戴文孝板起臉說：「別樂！我這是胡說。」其實，他心裡很得意。

什麼事情到了他那裡都沒好話，即使是好事也是反著說，逆著講。這樣的人大多嘴快、懂得多、見得多、腦瓜靈、愛說笑。

一九六五年在一個叫盧布爾雅那的地方，舉行了「第二十八屆世界乒乓球錦標賽」。經過十幾天百場鏖戰，中國隊奪得七個項目中的五項世界冠軍。霎時間莊則棟、李富榮、張燮林、徐寅生以及林慧卿的名字，傳遍大江南北，用戲詞兒說，就是「無人不知，哪個不曉？」一個小球居然能調動起國人如此強烈的民族自豪感和愛國熱情，可能是誰也沒有料到的。

就在這當口，戴文孝冒天下之大不韙，不分時間，不擇地點地在趁全團大會開會前幾分鐘，大夥兒熱議乒乓球的時候，大聲道：「一個比卵子大不了多少的乒乓球，有啥了不起？」全場嘩然，繼而憤怒。

他最反感上級指派女演員去省委招待所伴舞。有時要到下半夜，才用小車送回劇團宿舍。一次演出之後，他在劇團舞臺工作室和幾個同行打牌，不知不覺到下半夜。忽聽得院子裡一陣響動，從窗口看去，只見幾個筋疲力盡的女演員下了車。

他扯著脖子喊：「你們是玩夠了，還是睡夠了？」

氣得女演員闖進房間給他了幾拳。他索性趴在牌桌，笑著說：「我犧牲後背，讓你們打！」

諸如此類的情況，多了。心慈嘴惡，正話反說，想啥說啥的人，在「吃開口飯」的梨園行，不少。

多少運動戴文孝都闖過了，還不是因為出身好，社會關係簡單，個人經歷也簡單。不料到了「四清」，本該退休的他遇到了麻煩。文件下達，劇團天天學習，學習必須聯繫實際。所謂「聯繫實際」，就是批評與自我批評，人人過關，互相揭短。一次學習會上，有人對戴文孝提了意見，說他思想落後，某些話可以視為「反動言論」，並以「一個比卵子大不了多少的乒乓球有啥了不起？」為例，加以說明。馬上有人隨聲附和：「同意！」「同意！」

平素都是雞毛蒜皮，不涉政治，無關品質，忽然間都成為問題，關乎立場，關乎覺悟。戴文孝是有自尊的，把名譽、榮譽看做頭等大事。他當場大怒，猛地起身，大聲申辯：「我的話都是說笑，沒心沒肺！別扣大帽子。說我反動？笑話！打聽打聽戴文孝是什麼人？是窮人！房無一間、地無一壟，在戲班靠伺候人混飯吃。是共產黨來了，我才成為正式職員。是共產黨來了，我才有固定工資，是共產黨來……來……來……」說到這裡，身子就有些搖晃，慢慢滑落到椅子上，又從椅子滑落到地下，口水從嘴角流出。

隔著一個位子的方衍生大叫：「不好！」一個箭步撲到戴文孝身邊，雙手捧起他的頭，又朝坐在臺上的趙彤說：「你還坐臺上幹啥！這兒出人命了。」死亡彷彿隔牆而立，隨時可以穿牆而入。

戴淑賢趕到劇團，傳達室李大爺告訴他：方衍生和袁秋華帶著幾個年輕演員已經把老戴送進了醫院。

因送醫及時，搶救及時。突發腦溢血的戴文孝活了下來，但留下了後遺症：一個是說話不大利索，發音含混不清；另一個毛病是走路有些費勁，一條腿是瘸的，總拖在後面。到了這份上，戴文孝才弄清楚自己需要活著。

進入康復階段，戴淑賢把父親接回了家。當他慢慢挪到床上，舒舒服服將身子安頓好。心情立刻有如雨過天晴，比過生日還要好上百倍。一場大病，讓他懂得除了生死，其餘都是小事。

他對女兒說，「想吃點好的。」

戴淑賢問：「什麼是『好的』？」

「只要是家裡做的，就都是好的。」說完，鼻子就酸了。

一連幾天。戴淑賢就在廚房忙活。不是燉湯，就是煮粥。方衍生怕她累著，便對袁秋華說：「要不，我們再把廚子老許找回來？這點錢要花。」

袁秋華很同意。說：「我明天跟萬興說說，帶話給萬隆，請他把老許找來。」

張萬隆來了，手提一小筐水果。

方衍生埋怨道：「到這兒來還買東西？這就見外了。」

「不是給你的，我是來慰問病人。」先去看戴文孝，安慰一陣。

剛好戴淑賢出門買菜去了，三個男人便在客廳坐下說話。袁秋華把煩勞他請老許回家裡做飯的事情說了。

張萬隆說：「老許在，但是讓他到這兒繼續當廚子的事，恐怕辦不了。」

「為什麼？」方、袁一同發問。

「因為他開了一家小飯館，自己當老闆了。」

方衍生說：「完了。」

袁秋華說：「老戴的康復可不是三、五天。這樣下去淑賢頂不住，會病的。」

張萬隆說：「我這兒倒有一個人。」

袁秋華興奮起來：「太好了！誰？」

「我。」

方衍生說：「你？不行。我們哪兒敢搬動你呀？」

張萬隆說：「我怎麼不行？烹炒煎炸，樣樣都會。只不過比老許手藝差點。再說，我比老許年輕，萬一老戴不方便了，我一個人就能搬動他。」

這後面一句話，太打動人了。方衍生想了想，說：「好！就這麼定了，你趕快搬過來。除了吃住，我們要給你開工錢。」

「那我更得來了。」

袁秋華問：「你在那邊的演出，怎麼辦呢？」

張萬隆把嘴一咧，說：「呸，那也叫演出！都他媽的活報劇。什麼《不忘階級苦，永做革命人》、《新舊社會兩重天》、《人民公社的幸福生活》，聽聽這些名字，是戲嗎？我喜歡評書，可現在書場裡講的新書跟報紙一樣，根本沒法子聽。袁老闆，你是國家開工資養著的，日子好歹能過。像我們這樣的自由職業者，往後就得餓死。什麼都管得死死的，讓人一眼就把日子看到底兒。這樣下去，人也完，戲也完。還不如天天跟幾個朋友在一起，想吃，吃。想喝，喝。想唱兩句，唱兩句。」

當戴文孝得知張萬隆要過來與自己同住的消息，高興得別提了。

張萬隆做了個身段，說：「俺可是『專心投水滸，回首望天朝。』哇！」

「好個『夜奔』，乾脆來一段，讓我這個病號過過癮。」戴文孝說。

張萬隆看了看房間，說：「在這兒乾唱還行，要比試比試，就得掀翻桌子踢翻凳。」

方衍生說：「要不然，咱到院子裡去折騰一回？」

戴文孝直拍巴掌。說罷，不讓人攙扶，自己磨磨蹭蹭下床，一步一甩地來到院子。

方衍生搬來椅子，躬身道：「戴老闆，坐。」

舊日藝人長年「跑灘」，除了角兒，其他打下手的戲都會，什麼行當也能來兩下。張萬隆就是這樣的。他的表演開始了——

【新水令】

按龍泉血淚灑征袍，

恨天涯一身流落。

專心投水滸，回首望天朝。

急走忙逃，顧不得忠和孝。

【駐馬聽】

良夜迢迢，良夜迢迢，投宿休將他門戶敲。

遙瞻殘月，暗度重關，奔走荒郊，

俺的身輕不憚路迢遙，

心忙又恐怕人驚覺。

嚇得俺魄散魂消，魄散魂消，

紅塵中誤了俺武陵年少。

崑曲「林沖夜奔」是《寶劍記》中有名的一折，取材於《水滸傳》，描寫林沖受高俅迫害後，亡命天涯、投奔梁山的經歷與心情。這個唱段字字有身段，邊唱邊舞。戲曲「以歌舞演故事」的美學本性，在這裡獲得最經典的詮釋。雖說是家裡隨便唱兩句，不知為什麼張萬隆今天特別賣力。既有靠把武生的大氣，也有短打武生的利索，唱得激越、蒼涼。

最後一句唱完，門外響起鼓掌聲，還有人叫好。方衍生跑去開門，看見戴淑賢一手拎著一兜子菜，一手牽著石頭。石頭斜挎著一個擦皮鞋的木箱。在他倆的身後是駐足而聽的幾個行人。

戴淑賢說，出了菜市場就看見石頭席地坐在便道上，吆喝著給過往行人擦皮鞋。原來在下午放學後，他常到菜市場附近擦皮鞋。

戴文孝問：「石頭，你為什麼要在街上擦皮鞋？」

石頭說：「半夜醒來撒尿，見姨媽還在燈下糊火柴盒。我就惦記著給家裡掙點錢了。」

方衍生問：「你擦皮鞋，姨媽同意嗎？」

「同意。她不同意也得同意。」

戴文孝豎起大拇指，說：「石頭有孝心！告訴戴爺爺，一個下午你能掙到多少錢？」石頭不肯講。

戴淑賢一把抱住孩子，難掩住內心的激動。

「紅塵中誤了俺武陵年少」——它把人的心緒，像塵埃一樣吹到遠處。

十六段

誰知未來會怎樣

張萬興覺得當個支部書記，僅僅是提高了政治身分。劇團和藝人「認」的是戲。自己還沒在舞臺當中站過，演老戲沒他的份兒，所以他惦記著能排演一齣新戲，好歹算個藝術成就吧。當下有一齣備受爭議的戲，是寫海瑞的。北京有京劇《海瑞罷官》[1]，上海有京劇《海瑞上疏》[2]，其思想內容是是非非，在他看來並不怎麼重要，因為所有的新戲都短命，演一齣，扔一齣。很可能爭議尚未得出結論，劇團的演出已順利完成。

劇團辦公室剛開完布置六六年春節演出活動的團務會議，李大爺就把當日《人民日報》和省報送了進來。打開一看，有個整版刊登著討論京劇《海瑞罷官》的文章。一種觀點是欣賞這個戲的。說：海瑞所處時代是一個言者有罪的封建王朝。那時朝廷設有「廷杖」制度。在皇帝面前講話，只要聖上聽得不順耳，便可以當場拉下去打，輕則重傷，重則喪命。而海瑞就是不怕，有「捨得一身剮，敢把皇帝拉下馬」的精神。一種是批評這個戲的，認為是過分美化海瑞，抹殺了他的階級本質，而且戲裡的退田、平冤獄等情節是針對現實的「單幹風」、「翻案風」，有所寓意。

上不上「海瑞」？幾個人拿不定主意。

趙彤給予肯定。

方衍生的態度屬於模稜兩可，說：「這個戲是吳晗寫的，這位歷史學家懂明史，偏偏不懂戲，全劇基本沒戲，臺上全靠大角兒馬連良和周信芳『撐著』。」他忽然扭臉問張萬興：「你聽過麒麟童的《打漁殺家》嗎？」

不等回答，便開口唱道：「江湖上，叫蕭恩，不才是我。」

唱完這句，打住。感歎地說：「這幾個字裡面，有多少慷慨悲涼？萬興，你演海瑞行嗎？我看夠嗆！」

袁秋華的表現，則有些曖昧，在基本支持移植「海瑞」戲的同時，表達了某種擔憂。擔心新戲排了出來，突然受到來自上頭的封殺。那就叫「胎死腹中」。

聽到「胎死腹中」，趙彤靈機一動，說：「袁老師，你跟白部長熟，要不要請示他？他說行，那就行。」

袁秋華喜歡的戲，都是有情調的。這個海瑞硬邦邦，他興趣不大，但還是決定走一趟。

在趙彤和張萬興的催促下，他決定去宣傳部走一趟。

已是冬季，樹葉隨風飄落，剩下光牙牙的枝條。街道染上黯淡的灰色，太陽也像是入睡，一點也感受不到陽光的溫暖。

到了！

門衛詢問姓名後，用電話聯繫了一陣。說：「你就在這裡等一會兒，有人出來接待。」

袁秋華有些吃驚：白部長什麼時候在大門口，就把自己給打發了？如果有事或外出，當直接說明緣由；如果在辦公室，哪怕幾分鐘的時間，他也會出面接待。畢竟登門的是袁秋華。站在門口望著通向深處柏油小路，不禁想起那年一起去北京參加「匯演」的一個細節：帶著迷離的眼神，攥著他的手心說：「你為什麼比女人還女人？」

林蔭深處匆匆走來一個年輕幹部，客客氣氣對袁秋華說：「是袁老師吧？我是宣傳部的幹部。今天白部長不在。」

「明天在嗎？我來不是為自己，是為劇團的事。」

「明天也不在。」

「後天呢？」

「後天也別來。」

「那他什麼時候在？」

「他恐怕不會來了。」

「為什麼？」袁秋華很吃驚。

「因為他不是部長了。」

「高陞了？」

「撤職了。」

「啊——」

關於「撤職」，沒有公示。只是他不再出現於場合，不再出現於報導，就像從來沒有這個人。常常拋頭露臉的中共幹部只要不再拋頭露臉了，人們就會想到這人大概出事了。至於出什麼事？沒人知道。人哪兒去了，更無人知曉。白自力的驟然消失，讓袁秋華深感意外，內心震動的程度超過報紙上點名批判「海瑞」。他隱隱感到周圍籠罩在激烈的殺伐聲中，但又有著出奇的寧靜。袁秋華慌忙回到劇團，把白部長，不！白自力撤職的事，跟趙彤等人匯報了。大家面面相覷，再不說排演「海瑞」的事了。

不久，報紙上有了一個新名字，叫「走資本主義的當權派」，據說是黨中央、毛主席要重點整治的對象。

戴文孝康復得不錯。除走路有點「瘸」以外，生活能自理，說話也清楚了。這樣，張萬隆有更多的時間做好吃的了。他起了個早，去菜市場買了接近後臀尖的五花肉。整整齊齊一大塊，肉上無血，紅白相間，三層肥三層瘦，加起來有一寸厚。這是做紅燒肉最佳材料。

沒多久，大家都聞到香味。肚子餓了的方衍生禁不住跑到廚房，逕自用筷子夾了一小塊放進嘴裡。說：「真香！」還想再夾。

張萬隆把他的筷子擋開。說：「這可是一桌人吃的！」

方衍生一邊嚼，一邊笑。說：「你哥倆可完全不一樣啊！」

「俗話說，一娘生九子，九子各不同嘛。」張萬隆這樣解釋。

「你仁厚又能幹。既然你也是一個人過日子，乾脆搬過來一起過吧，省得一早一晚都要跑路。你沒察覺老戴有多稀罕你嗎？淑賢也佩服你。」

「淑賢？」張萬隆把嘴湊到他的耳根子，說：「別哄我，人家佩服的是你！」

開飯了，噴香的紅燒肉讓大家吃得心滿意足。戴淑賢放下筷子，突然宣布：「我想領養一個孩子。」

吃驚不小的老戴說：「丫頭，別說胡話，咱們把自己養好就不錯了。吃飯吃飯，這肉真香。」

戴淑賢激烈起來：「我沒說胡話！早想好了。我和秋華膝下無子，將來老了靠誰？」

一向善於「調和鼎鼐」的方衍生甩過來輕飄飄一句：「人世間或有親無情，或有情無親。誰知未來會怎樣？」

袁秋華不覺得驚詫，沉穩地表了態：「我沒什麼文化，更沒政治覺悟，但我看得太多！臺上臺下、戲裡戲外、民國到共產、金元券到糧票布票、審判日本戰犯到鎮壓反革命。還有發生在自己身上的事——交出田土，廢除男旦，禁演老戲，給有本事的人和有點錢的人都戴上地富反壞右帽子。連白自力這樣級別的革命幹部，也是說沒就沒了。淑賢，你看吧！往下的問題會更多，日子不催人，心催人。」

戴淑賢一向以為丈夫懂戲不懂事，尤其不懂大事。聽這一番話，她忽然發覺袁秋華心裡明細得很。

藝人醉心於那不息的掌聲，不絕的歡呼和觀眾含淚看完演出不捨離去的場景。這是藝人的一個方面，還有另外的一面：他們熟悉社會、明辨是非，只是不說罷了，地位低下嘛。其認知與判斷大多從直接的觀察，豐富的閱歷，以及與上至總統下至乞丐的結識交往中得來。天生敏感的藝人，個個都精於世故，懂得利害。

「少年子弟江湖老，紅粉佳人兩鬢斑。」袁秋華到了正該出彩之火候，被趕下舞臺，徹底終結了藝人生涯。太痛，心太痛，太難，路太難。難測生死與未來，分明讓自己感覺到光陰的流逝。他不年輕了！

漸漸地，戴淑賢不再說孩子的事。

紅日西沉，城市比較高大的建築有一半埋入了陰影。張萬隆又從菜市場買了一塊五花肉。既然紅燒肉大受歡迎，他興致來了，打算再做一次。

從菜市場出來，就看見石頭坐在地上給一個過路者擦鞋。身上是一件薄薄的棉衣，額頭滲出細密的汗珠，兩手緊捏一塊長條布的兩端，左右來回在鞋面上「飛馳」，鞋面被迅速地磨光打亮，發出光澤。石頭神情專注，因使勁而嘴巴微翹，一雙髒兮兮的黑手，腳下是一雙快要磨破的球鞋，這讓張萬隆看得辛酸。這個年齡的孩子應該讀書、唱歌、踢球、打彈弓、看電影、吃零食。

當擦好鞋的過路者把皺巴巴的零錢扔進木箱，張萬隆叫了聲：「石頭！」

石頭抬頭，高興地叫了聲：「張叔叔，我在袁老師家裡見過你。」

張萬隆俯身把木箱胡亂收拾起來，挎在肩上，說：「袁家人讓我來找你。有事！」

「張叔叔，我要去多久？久了，我要先回家跟姨媽說一聲。」

「走吧。要不了多少時間，我會送你回家。」說這句話的時候，張萬隆不忍看那張小臉。

到了袁家。戴淑賢看著石頭一身的汗與髒，立刻端來熱水給他洗臉、洗手。

石頭紅著臉說：「謝謝戴阿姨，我自己來吧。」

戴淑賢說：「別叫阿姨，叫我乾媽。你回去跟姨媽說一聲，她會同意的。」

也不知為什麼，大家都喜歡石頭。老戴建議：以後到了週六下午和週日，讓孩子到劇場後臺打個雜，掙一份工錢。這樣無論如何也比在街頭晒著、吹著強。工錢也比擦皮鞋多一點兒。

星期天的下午，石頭去了勤勞劇場。

那電燈下的後臺亮如白晝；五顏六色的戲衣密密實實掛著；每張化妝桌，豎著鏡子，桌上堆著小盒、小碟、小碗、小杯、胭脂、唇膏、粉餅、木炭末、眉筆、凡士林、油彩、墨汁、毛巾、草紙……讓人眼花繚亂。後臺到處都是裝著行頭和道具的箱子，層層疊疊。人們在衣箱之間穿行忙碌，時不時彼此開著玩笑，捎帶說點下流話。石頭太喜歡這兒啦，熱鬧、熱烈、熱情，和家裡的枯燥冷清完全不同。這讓他精神抖擻，始終圍著老戴轉悠。一會兒端臉盆，一會兒遞毛巾，一會兒去鍋爐房沏壺熱茶，一會兒跑出去給某個演員買燒餅。年紀雖小，眼裡可是有「活兒」啦！

老戴一旁看著，越發地喜歡。閒了下來，他忽發奇想。說：「石頭，你濃眉大眼，扮上肯定好看！」

「我黑。」石頭有點不好意思。

「扮上，就白了。」

老戴把「粉坨子」在手掌心化開，快速拍在石頭臉上。當孩子在鏡子裡看到自己變成一個白面書生、翩翩少年的時候，幾乎不敢相信：這是李實。

他對老戴說：「我就頂著這張臉回家，好讓姨媽高興！」

方衍生說：「你不怕街上人看你，說你是個小瘋子嗎？」

「不怕！我什麼都不怕。」

孤苦與辛酸都已嚥下，他怕什麼？

⁂《**海瑞罷官**》　徐階告老還鄉，其子恃勢霸佔民田，氣死平民趙氏又搶走孫女。趙家人告官，反遭當堂杖殺。海瑞得知冤情，複審此案，處徐階之子死罪。徐階求情，不為所動。一九六一年吳晗編寫，北京京劇團演出。馬連良飾海瑞，裘盛戎飾徐階。

⁂ 2《**海瑞上疏**》　明嘉靖皇帝不理朝政，首輔徐階不進諫，海瑞決定買好棺木一具，以死進諫。嘉靖擬處斬。後因暴卒，太子繼位，海瑞得救。這是周揚建議周信芳編演的，也是周信芳晚年的一個重點劇目。一九六五年「文革」開始，《罷官》和《上疏》兩齣海瑞戲，成為重點批判劇目，一北（馬連良）一南（周信芳）兩位老生泰斗、頂級藝術家在最後的歲月，因海瑞戲受盡折磨，進而成為政治犧牲品。

十七段

不需要太堅強

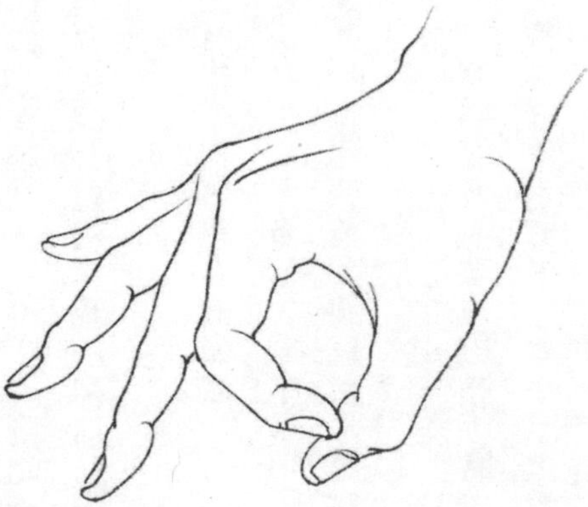

上頭發布了一個「五一六通知」，文化大革命轟然爆發。

紅衛兵橫空出世，京城製造出第一批殉難者——

五月十八日，北京市委書記、《人民日報》社長鄧拓徹夜給北京市委領導人寫了長長的一封辯誣遺書後自殺，那年他五十歲。

五月二十三日，中共中央辦公廳副主任田家英自殺身死。他在死前頭一天表示：「我的問題是江青、陳伯達陷害的。善有善報，惡有惡報，我不相信這些人有好下場。」

六月一日是歡樂的兒童節。這一天，《人民日報》刊出題為〈橫掃一切牛鬼蛇神〉社論。社論說：「要把所謂的資產階級『專家』、『學者』、『權威』、『祖師爺』打得落花流水，使他們威風掃地。」社論就是戰鬥號角，就是尚方寶劍，人們被鼓動起來，掀起橫掃「牛鬼蛇神」狂潮。

袁秋華感到了「煞氣」，一切都在蠢蠢欲動。劇團年輕人率先行動，貼出大字報，上面列出「牛鬼蛇神」名單。每個人的姓名都用紅墨水打了「×」字，看著就腥氣撲鼻。排在第一名的就是袁秋華，後面是方衍生。針對老藝人揭發的內容，無非是在臺上唱了什麼「壞戲」，在臺下說了什麼「壞話」。在社會上和哪個國民黨政要往來，又參加了什麼「行會」或「幫會」。在生活中和誰「調情」，與哪個太太「幽會」……這些事情在從前，大多可以歸於「野史」。

什麼叫野史？就是上不了檯面的東西。誰沒有「上不了檯面的東西」？無非是些雞零狗碎罷了。現在忽然以集中的方式、以誇大的筆墨、以批判的口吻，白紙黑字地一一寫出，逐條展示。霎時間，老藝人個個面目猙獰，惡貫滿盈。聽說，京劇團的一個高齡藝人看著、看著就癱倒在地。兩個徒弟看不過去，趕緊送醫院。一路顛簸，老藝人半路甦醒，放聲大哭。用手捶胸，喊道：「我參加袍哥（即四川哥老會）的事兒，早在鎮反的時候就向組織交代了，交代了，交代了……」

到了醫院門口，人已休克，只剩一口氣。

袁秋華害怕極了！

一切都在預示自己凶多吉少，心如潮水，天天潮起潮落。覺得歲月還在，人已不再。昔日一路風光和讚譽，如今看來是那麼破碎荒涼，再也無法回頭打量。只有坐在家裡，人才還了魂。進了家門，就是一個勁兒喝水，喝茶，喝酒，飯卻吃不下幾口。掛在嘴邊，反覆嘮叨一句話：「這可怎麼辦呀？」

方衍生搖搖頭：「咱是活著沒勁，死了沒膽。」

戴文孝則說：「車到山前必有路。」

戴淑賢的態度最鮮明：「怎麼辦？先看看他們把咱們怎麼辦。」

晚飯後，誰也不願離開飯桌，都想多待一會兒。哪怕不說話。

入夜。以前夫妻各睡各的被窩。現在上床，袁秋華就把妻子拉過來，摟得緊緊的。戴淑賢說：「太熱了。」

「不熱，我還冷呢。」

「這樣睡，我會長痱子的。」

「我給你買痱子粉。」

劇團成立了「文革」領導小組，張萬興是小組長。黨支部書記、劇團掌門人趙彤則被按上「走資本主義道路當權派」帽子，成了牛鬼蛇神。「牛」們都集中起來，關進原來存放布景、砌末和各種雜物的一個大房間，取名「牛棚」。門框貼著：坦白從寬、抗拒從嚴。每人一個小板凳，整日端坐，不是讀報就是勒令寫交代，隨時準備聽候批鬥。互相不許交頭接耳，不許吃東西，不得自由出入和隨意行走。

北京興遊街示眾了，很多機關單位的造反派和革命群眾把「走資派」幹部拉到大街示眾。頭戴紙糊高帽，胸掛大紙牌，寫上姓名，標明職務，名字都用紅墨水打上大大的「×」字，像押赴刑場的罪犯。遊街隊伍專挑城市主要街道和商業繁華地段，來回走動。遊街示眾的「走資派」官越大，圍觀的人越多，看的人個個議論紛紛、興致勃勃。

比「走資派」遊街更吸引人的是藝人遊街，特別是名藝人，如北京的侯寶林。對遊街，侯寶林似乎有所準備，穿一身黑袍，肥肥大大地把自己身子骨罩著。革命群眾命令他幹什麼，他都緊密配合。剛喊「打倒侯寶林！」他立即趴下。

人家問：「誰叫你趴下的？」

答：「我不打就倒，響應你們號召呀。」

給他戴高帽，侯寶林立馬從黑袍底下取出自備精緻紙帽，說：「你們不用找，我自己帶著呢。」說完，戴上。遊街成了遊樂，觀者開心，侯寶林大勝。主持者、參與者、圍觀者暗自服氣。

侯寶林的「洋相」比電波傳得還快，全國的老百姓知道了，全國的「牛鬼蛇神」也知道了。袁秋華聽了非常感慨。和侯寶林一比，自己實在是太差、太弱。

侯寶林的做派，不是一般人可以學到做到的。只有決心「不要命」也「不要臉」，並從中生出大智大勇來的人才行。袁秋華要臉也要命，他只好失魂落魄或強裝鎮定。

顛覆性轉化於瞬間爆發。

中午，劇團「文革」小組通知袁秋華趕快去食堂吃午飯，然後等候命令——什麼命令？他不敢問，心一下子提到嗓子眼兒。

讓他吃驚的是劇團開出來平素裝衣箱、道具的敞篷卡車。張萬興讓劇團造反派和袁秋華上車，最後他也上了車，對司機說：「去宣傳部禮堂的批鬥會場！」

聽到這一句，袁秋華不知怎地突然想到白自力。是不是批鬥會與他有關？如果是批鬥他，那麼為什麼非要自己參加呢？會不會是因為白自力包庇了「雞姦」的事？想到這裡，袁秋華感到全身的血液被抽空，恐懼像洪水進入到體內，滲透到每一條血管，每一根骨頭。

他對張萬興說：「我病了。」

張萬興呵斥道：「病了？剛才還好好的，這會兒就病啦？告訴你，就是抬也要把你抬到會場。」

「什麼批鬥會？非要我參加。」

「今天批判反革命修正主義分子、雞姦犯白自力。宣傳部造反派指定要你參加。因為你是陪鬥。」

「他是雞姦犯？」

「你倆一路貨色。」

——天哪，原來是同志！

不容細想，人被押進會場。聽到的是鋪天蓋地的口號，看到的是掛滿牆壁的標語。白自力站在講臺中央，以前他挺胸腆肚地講話，眼下他弓腰駝背地挨鬥，這一百八十度的變化，打死也想不到，用老話「風水輪流轉」也解釋不了。

進入仕途以來，白自力接觸到許多社會基層的真實情況，再聯想到宣傳部那些按上級要求所寫的報告，他越發感到中國所有的問題和災難其實都來自上頭和上頭的上頭，來自幾個人，來自一個人。而目睹「三年大饑荒」的死人慘狀，他作為一個進京開黨代會的代表，在無記名選舉中投下了反對票。誰知不久即查出：在七張反對票裡有一個叫白自力的人。按中央組織部指示：此事嚴格保密，此人必須「免職」。當然免職理由要另找。

機會來了！

白自力是個雙性人，一方面有妻室兒女，一方面與男人「有染」。公安廳備有他的祕密檔案材料，上面記錄著他在省城人民公園公廁後牆與男人「胡搞亂來」的詳細情形。廁所位於公園的一個牆角，廁所牆壁和公園庫房的後牆有大約兩米寬的通道。庫房牆壁堆放著大小不一、各種尺寸的舊板子、破桌椅等。顯然，它們不知是從哪兒拆下來的，丟了又覺得可惜，於是堆放在這裡。誰也沒料到的是，這裡很快成為男男幽會之地。一大早公園開門了，這裡也「開業」了。晚上十點，公園關門了，這裡才「歇業」。

在公安民警對公園的清掃行動中，一下子抓了好多男人。有的正在搞，有的準備搞，有的剛剛搞完，最輕的也是動作輕佻。逐一盤查，其中一人就是白自力。

他亮明身分，警察嚇了一跳，問：「你不好好當部長，跑這兒來鬼混？」

白自力無奈一笑：「到這兒來的人，沒有姓名，沒有身分，沒有職業，他們脫離自己原來的脈絡，只有一介肉身。」

「什麼是原來的脈絡？」

「比如階級脈絡，階層脈絡。」

警察聽了直搖頭。再問：「幹這事，你事先想過沒有？」

「有人到這兒來是火山爆發。我不是火山，我是一縷幽魂。」如此回答，讓警察感到虛幻得不可思議。

「你給我好好坦白——為什麼要幹這種低級下流的事？」

「因為除了男女世界，還有另外一個天地。人心的最深處，常常是不想安分守己，喜歡做禁忌之事。」

警察更不懂了：「你的話，我聽不懂。」

「那你就把我當成一個失禁的病人好了。」

公園的男廁偏僻幽暗，想不到入夜之後，人流湧動，迎面而來的都是陌生面孔，他們是冥冥之中的「千里有緣來相會」。一次相逢、一陣碰撞、深入之後，可能永生不再見面。有的連對方的名字都不知道——所以白自力要到這裡來，做一次自我放逐。

這些被抓的男人，統統押送到當地派出所。登記、查清、訓誡後，電話通知單位來領人。

白自力「犯事」，讓政法書記氣得直拍桌子，在辦公室大叫：「斃了他！」

在黨內受到「留黨察看」處分並厲聲警告：以後不許「胡搞亂來」。他也做出保證。

袁秋華的「屁股上插刀」，發生在白自力出事之前，出於同病相憐，也出於對其表演技藝的賞識，他利用職權，疏通協調，把袁秋華「壞分子」性質問題處理成「內控」。在白自力的內心世界，和某個男人的身體「黏連」、「溝通」，都是隱秘的樂趣，屬於天生的習性，與信仰共產主義無關。在他眼裡，漂亮女人的杏眼紅唇都是一個模子倒出來的，哪怕再精緻，也屬於看過就忘了的長相。面對男人就大為不同。他的雄健英氣是超越年齡和容貌，另有一股吸引人的力量。而男人和男人的接觸則介乎是與非之間，很多時候代表著中國文化的曖昧。

白自力脖子掛著的大牌子上面寫著三項罪名：反革命修正主義分子、反黨分子、雞姦犯。身後站立一排紅衛兵，個個手持《毛主席語錄》，莊嚴守護領袖像。另有兩個造反派戰士「伺候」白自力：一手按著肩膀，一手扯著胳膊，向後，再向後，還不時地撕扯他的頭髮。經歷過多次批鬥，白自力習慣了拳腳、口水，各種擊打和疼痛。他覺得自己已經成為革命需要的一種「東西」，不是人了。

袁秋華隨即被押到臺上。人還沒來得及站穩，一個大牌子同樣掛到了胸前。他低頭掃了一眼。分明寫著：臭男旦、壞分子、雞姦犯。宣傳部和宣傳部所管轄的各個單位的造反派頭頭登臺發言，個個慷慨激昂，聲嘶力竭。臺下的革命群眾緊密配合，不時揮舞著拳頭，高喊著口號。袁秋華以為自己會嚇死，起碼也會嚇個半死，也不知道為什麼自己沒倒，竟然站住了。

這是什麼力量？渾身無力的他，有啥力量？程硯秋低迴延綿的唱腔，其實極有力道，這個力道是由樸實簡淨來承擔的。袁秋華能站住不暈不倒，或許也來於樸實簡淨——從追名逐利、驕恣作態、熱衷風頭，一下子簡單到什麼都不想了，什麼都不要了。他站在那裡，幾乎連聽力都沒，也不知道那些扯著喉嚨的人在說什麼。

有人說到「雞姦」二字！他聽到了。

一個造反派戰士在發言結束後，到走到白自力面前逼問：「你捅過這個臭戲子屁眼嗎？」

「我沒有。」

「當然有啦！臺下是男，臺上是女，他多有味，多來勁呀！你能放過？」

「沒有。」

啪——一拳打過去，人幾乎跌倒。

他又走袁秋華跟前，問：「你幹過白自力嗎？」

袁秋華怯怯地答：「他是領導，我哪兒敢啊。」

惹得臺下一陣笑，氣得搧了袁秋華幾耳光。

「把他倆的褲子扒了，讓大家看看到底啥貨色！」

臺下有人鼓掌、怪叫，有人露出喜色。主持會的造反派頭頭趕快說：「別轉移大方向！」這句話，也算保全了袁、白二人的一點點體面。

批鬥之後是遊街。

剛說完「把人押下去，遊街示眾！」後排壯漢一齊施展拳腳，死命踹白自力和袁秋華的後腰。用的是大氣力，想一腳踹到臺下。

男旦的腰功，了得。一腳下去，袁秋華向前打個踉蹌，人沒倒。

白自力倒了，沒起來。直接抬進了醫院，據說一腳踢掉一個腰子。

袁秋華帶著全部屈辱和滿身污穢、一拐一瘸地「蹭」回家。夕陽將落未落，天邊有彩雲，身邊有行人，腳下是馬路。他低下頭來，一眼望見自己的內心，悚然警醒：原來人世間的生機與美麗，和自己一點也沒有關係。無論怎樣的境遇，內心都是孤寂。

一進家門，人就不行了。

戴淑賢從未見過丈夫如此狼狽和虛弱，她趕忙伸出雙臂死死撐著，袁秋華一下子把頭搭在妻子肩膀上，「嗚嗚——嗚嗚」大哭起來。如散架的籐，完全癱在她的身上。

大難臨頭，人不需要太堅強。

十八段 貂蟬

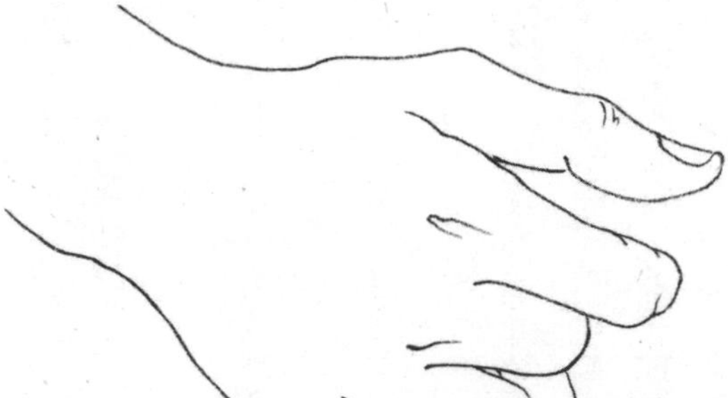

八月，大熱。

抄家的消息比風快，比雨急，一夜之間傳遍全國。特別是有關藝人的消息——

從譚富英家裡抄出大煙槍；

馬連良因為攥著「翡翠青蛙」不肯鬆手，被紅衛兵打得死去活來；

評劇名角小白玉霜服安眠藥自殺；

裘盛戎最珍愛的是他的髯口，據說都是犀牛尾做的，比黃金還值錢。紅衛兵進門就把他所有髯口都「剪」了。

原來無不惋惜梅蘭芳、程硯秋死得太早，現在人人暗自慶幸他倆死得好：早死是福。

什麼是「壞人」？不知道。紅衛兵、造反派說你壞，你就是壞人了。人人心揣著無端的仇恨。恨到惡狠狠當街亂棒打死人，恨到眼睜睜看著老人嚥氣不動心。

地富反壞右，資本家，工商業者，國民黨軍政人員，被關押過的，前朝遺老遺少以及作風有問題的人，無一不在驚恐慌亂中度日如年，隨時準備紅衛兵來抓人和抄家。方衍生和戴淑賢匆忙吃完晚飯，就在繼續清理「四舊」。如：劇照、戲衣、手搖唱機、唱片、進口打火機、高跟鞋、化妝品、假古董、老瓷器、洋玩意兒……

還有幾件首飾，戴淑賢取出來。問丈夫：「怎麼辦？這些東西過去是寶貝，現在是累贅。送人都沒人敢要，扔也沒地方扔。」

突然門鈴響了，聽得心驚。袁秋華手在哆嗦，戴淑賢趕緊把首飾朝懷裡揣。

他們面面相覷：「誰呀？」

方衍生起身，準備開門。

張萬隆擋住了他，說：「我去。萬一是紅衛兵，他們劈臉就打，我還能招架。」

打開一扇門，眼前卻無人。不禁跨出門左右看來。只見樹蔭下站著石頭和他的媽媽李氏。因趕路心切，母子二人的上衣都被汗水濕透。李氏胳膊上挎著一個小包袱。

張萬隆驚問：「這麼晚了，你們母子來這裡。有要緊的事嗎？」

李氏說：「張叔，我倆一是來幫忙，二是有話說。」

「幫忙？」

「是。」

「那就趕緊進來吧！」

「乾媽！」石頭的這個稱呼，讓戴淑賢很激動。

張萬隆說：「喝點茶不？」

李氏擺擺手：「現在哪有工夫喝茶？」轉身對袁秋華和方衍生說：「我是國民黨殘渣餘孽，人家說是屬於最反動的類型，所以最先抄家。現在家裡只剩鋪蓋卷和幾件衣服了。袁老闆和方老師是名人，興許會在明天或後天來你們家。別看紅衛兵像是自發的，其實後面都有組織指揮。」

「啊！」彼此你看我、我看你，不知該說什麼。

「我今晚跑來就是想告訴你們，趕快處理東西——文字、照片、金銀首飾，以及解放前的物件，這幾樣兒，袁老闆千萬別留！趁現在紅衛兵還沒來，你們抓緊處理。」

袁秋華說：「唉，我的照片特別多，舊東西也特別多。」

李氏說：「別心疼，袁老闆演戲的樣子都留在我們心裡了。」

接著，她拉著石頭走到袁秋華跟前，說：「今後，就把他成自己的孩子吧。」

這讓大家多少感到有些突然。

李氏哀泣道：「街道上的一個造反派頭頭還算有良心。她偷偷告訴我——這片地區的國民黨殘渣餘孽只有你一個，以後開批判會，肯定少不了你，即使不是批鬥對象，也一定是個陪鬥。場面上的事，誰也說不好，別叫孩子看見母親挨打受辱，最好把石頭送到親戚家。袁老闆，我沒什麼親戚，幾個老友也都是國民黨。前不久袁太太讓孩子喊乾媽，我覺得不妨讓石頭過來住幾天，等風聲過去再回家。」

沒等袁秋華表態，戴文孝心疼地把孩子拉到自己身邊。說：「這兒就是他的家！」

李氏臨走時，把裝著兒子幾件換洗衣服小包袱遞給戴淑賢，摸著兒子的頭說：「好好聽話，幫著幹活兒。」

「媽，風聲過去就來接我。」石頭叮囑母親。

方衍生眼圈紅了，說：「這麼小的孩子就懂得『風聲』！」

雷聲隱隱，空氣潮濕，人也憋氣。但他們毫無感覺，一門心思都擱在如何盡快而有效地處理舊物。從前是買不夠的東西，現在覺得東西咋這樣多？而且什麼都堅不可摧！絲綢柔軟吧？一剪子下去，居然剪不斷；照片是紙的，用手撕還撕不碎；高跟鞋的鞋跟就更別提了，大部分扔了，有兩雙戴淑賢實在捨不得。想用鋸子鋸成平跟，弄得滿頭大汗也沒鋸斷。一瘸一拐的戴文孝心疼女兒，也過來幫忙。

袁秋華滿臉愁容：「這些東西都是禍害。你倆怎麼處置，我都沒意見。咱們只求保命。」又說：「這都是教訓！以後我們每個人就只留鋪蓋、飯碗筷子和兩條褲衩。」

一個藝人，面對強大的社會壓力和革命暴力，根本無力抵擋。

夜很深，很靜。疲憊的袁秋華先睡了。

石頭支起一張行軍床，搭在戴文孝、張萬隆的房間裡。他很高興，有兩個大男人陪自己。

戴淑賢倒了一杯白開水遞給方衍生。見他席地而坐，衣衫濕透，面容蒼白，臉上皺紋平添了許多，很有些心疼，猶豫了一陣後，說：「方大哥，我能把這個家撐持下來。一來因為父親一輩子在方家班，二來是因為有你。」

「我對你才是感激不盡呢。不把你娶過來，袁秋華『土改』那陣就過不去了。」方衍生不讓她再往下講：「別說了，我心裡都清楚！」

世上有些事只能深埋於心，戴淑賢淒然道：「怕以後我們連個說話的機會都沒有了。」

方衍生拉著她的手，鄭重地說：「明天會發生什麼事？我們不知道。也許抄家，也許挨打，也許送命。但不管發生什麼事，秋華、你、我、老戴，還有萬隆和石頭，我們都要活下來，誰也不許尋短見。」

「你們能活，我就能活。」

「好。」

戴淑賢抬頭看了看，指著牆壁說：「我已經把臥室裡再生大哥的錢玉蓮（劇照）和孫尚香（劇照）摘下來，也撕了。還有秋華的一張貂蟬（劇照），尺寸不大，在化妝間的桌子上擺著，這是他最喜歡的一張。今晚太累了，等明天我再從鏡框裡卸下來，撕掉。所有好東西，都沒了。」

方衍生望著戴淑賢那雙美麗的眼睛，又再一次叮囑道：「東西沒了就沒了，只要人在。」

神情凝重得像是在訣別。

清晨吃早飯，戴淑賢一個勁兒地問石頭，要不要再喝一碗粥？人到中年經常這樣，忘記了重要的事情。

沒來得及收拾碗筷，就聽得門外有人砸門，有人喊口號，有人唱《社會主義好》。

「來了，來了！」張萬隆尚未把兩扇門一齊打開。街道造反派、劇團紅衛兵以及湊來看熱鬧的人打著「橫掃牛鬼蛇神」、「造反有理」的標語，吼著、喊著、叫著，湧了進來。像一支農民起義隊伍，氣勢洶洶、浩浩蕩蕩。

革命群眾準備好的兩個厚紙做的牌子，一個給袁秋華掛在前胸，毛筆寫著臭戲子、壞分子。一個牌子套在戴淑賢脖子上，寫著：地主婆。他們拿出準備好的大剪刀，在兩個人頭上亂戳亂剪。給戴淑賢剪了個陰陽頭（右邊剃光，左邊留髮）。在袁秋華的頭上又揪，又剪，又剃，弄得像一堆雜草。

接著大聲宣布：我們來抄家！

方衍生、戴淑賢、戴文孝勒令站在一邊。不許走動，不許說話。袁秋華牙齒打顫、兩眼發黑，覺得眼下最好的歸宿就是被一顆不知來自哪裡的子彈擊中腦袋。石頭幾次要靠近他，都被造反派擋了回來。

來者身上都有從命裡長出的強悍，一種占領者氣質。見啥毀啥，一切行為皆以破壞為目的。翻箱倒櫃，翻江倒海。所有的衣服都剪上一刀。所有的紙張都撕毀。所有能砸碎的東西都砸碎。所有箱子裡的東西都倒在地上，逐一翻檢。照片尤其多，更要一張張看過。老劇照越是珍貴，就越是要扯碎。

闖進廚房。把所有的杯、碗、碟、盤，無論是瓷的、陶的、還是玻璃的，統統摔在地上。聽那「玉石俱焚」的炸裂之聲，個個興高采烈，開心大笑。見有的器皿沒碎，就彎腰撿起來，再砸再摔。

闖進化妝間。用棍棒亂掃一氣，把所有的小瓶、小罐、小盒，統統扒拉到地上。白粉散了一地，頭油流得地板滑膩膩的，髮蠟和雪花膏在腳下碾來碾去，幾個香水瓶都被打碎，霎時間濃烈的香氣瀰漫到所有的房間。一個紅衛兵端起了照片「貂蟬」看了又看，惡狠狠道：「他媽的，還真漂亮，簡直就是個妖精。我得把這個戲子的衣服扒光，好好看看他到底下是男是女。」

的確，在所有的劇照裡最漂亮的，就是這張貂蟬了——端莊、華麗、嬌豔，帶著幾分輕佻，偏偏眼神裡還流露出憂鬱。照片呈現的是全本《貂蟬》裡的「梳妝」一折：貂蟬更衣完畢，一手用「蘭花指」摸著頭上髮髻，一手按著窗欄，雙腳並立踮起，凝神望著樓下（樓下來的正是呂布）。照片充滿著誘惑力！那是袁秋華的拿手戲，可謂占斷了風情。

越是漂亮，越是來氣！一個紅衛兵雙手高高舉起「貂蟬」，朝地上使勁一摔，鏡框散架，鏡框玻璃碎成碴子。

袁秋華忽然想起來了——發了瘋似地朝化裝間跑，被造反派抱住，按倒在地。

張萬隆悄悄湊近一看，恐怖的一幕發生了：在貂蟬的後面是蔣中正！

十九段

今夜少幾人

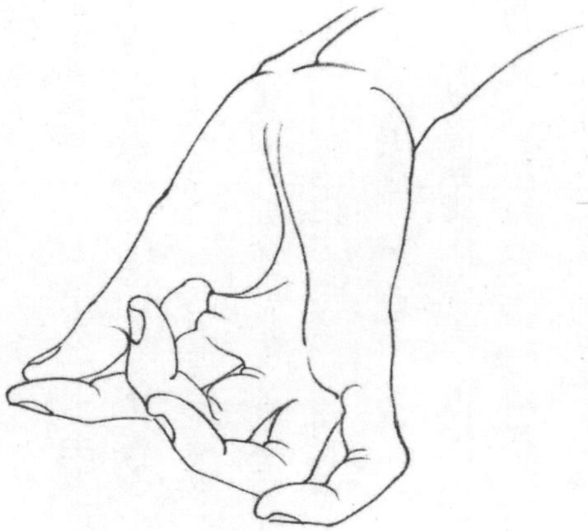

袁秋華想起來，也晚了！

這張蔣委員長為表達對重慶藝人謝意的一九四五年簽名照，那時是禮物，至為珍貴。到了一九六六年則是罪證，至為嚴重，重到可以革命名義槍決持有者、窩藏者。

事情再簡單不過了：方再生把偉人照，留給了袁秋華。蔣介石成了獨夫民賊，不懂政治的袁秋華捨不得丟，把它偷偷藏在「貂蟬」的後面。要命的是，他沒跟任何人講「貂蟬」後面有「人」。最要命的是，袁秋華把這個蔣中正忘得一乾二淨，自己還早早睡了。偏偏戴淑賢昨晚銷毀了所有劇照，獨獨怠慢了「貂蟬」。

耳光搧來，拳頭打來，皮帶抽來，凳子砸來……袁秋華趴著，跪著，滾著，扭動著，呻吟著，哀嚎著，血從許多地方湧出，皮膚裂開了，關節散了，眼睛腫脹起來，什麼也看不見。先頭還知道疼，疼過了頭就不知道疼了。先頭內心如海嘯一般，洶湧肆虐後突然出奇地平靜。袁秋華覺得自己正在死去，一切都赤裸在蒼涼的天地，世上無人也無法拯救自己。所有的人都離他而去，只剩下袁家茶社和那棵櫸樹。

一個人活著，從來就不是一順百順，而死亡卻能一了百了。

革命群眾冷冷地站著。沒有人俯身去給他整理衣衫，替他合上雙眼。

方衍生，戴淑賢反綁著跪在角落，眼睜睜看著袁秋華挨打、受辱、掙扎、求饒，最終沒有了動靜。
石頭喊著撲向他，被紅衛兵拉開。落難知心，儘管是個孩子。
張萬隆趁著混亂溜出客廳，被一個紅衛兵擋住；「你是他們家什麼人？」
「我是來送菜的！」藝人扯謊從不打稿子，張嘴就來：「看我這打扮兒，像他們家人嗎？」
不像，像個賣菜的——紅衛兵放了他。
找到雜貨店的公用電話，立刻給哥哥張萬興打了電話。說：「紅衛兵這會兒抄了袁秋華的家。」
對方說；「我知道。劇團造反派也去了。」
「哥，你要趕快過來。」
「我管什麼用！」
「他快死了。」
對方沉默。
「張萬興！你可是一直吃方家班的人。來不來，看著辦吧。」
張萬隆掛了電話。蹲在雜貨店的外牆，嚎啕大哭。

張萬興慌了，趕了來。自報家門後，即刻和街道造反派頭頭商量，說：「鬧出人命，總不好。」

街道造反派頭頭比張萬興鎮靜多了。說：「這有啥！自從響應毛主席的『橫掃一切牛鬼蛇神』的號召，街道派出所管轄之內，每天都有死人，打死的，嚇死的，自殺的。死了就用三輪車、板車往火葬場送唄！」說這話時，一臉的平靜與冷漠。

這很讓張萬興吃驚！梨園行一向重視藝人的死亡和喪葬，不管你是頭牌還是二路。大的劇種有梨園公會一類的組織出資辦理後事，從靈堂到出殯，井井有條。有的劇種還有梨園公墓，以安頓亡靈。像京劇界的蕭長華⁂，他在宣武門外自新路附近的安蘇湖買了一塊地皮，設了一個「梨園義地」，專門安葬在北京無親無靠的外籍貧苦藝人。

現在，把人拉到火葬場，就算了事？他的內心非常痛苦。看著袁秋華倒在地上、渾身是血的慘象。情不自禁地回想起他扮演的楊貴妃、潘金蓮、閻惜姣、錢玉蓮、白素貞、陳妙常⋯⋯哪個不是渾身靚麗嫵媚，儀態萬千？又回想起自己每次覺得肚子餓了或嘴饞了，都纏著袁秋華下館子。人家二話不說，立馬掏錢，幾葷幾素的。

在「油鹽在耳」吃飯，聽到他和國民黨太太閒聊，為了表現進步，爭取入黨，去向組織揭發檢舉。事後，受到批評的袁秋華也不記仇，就當沒這回事一樣。張萬興覺得自己很下作，很卑劣，可是沒法子，革命需要他這樣。他得跟上形勢才有出路。

張萬隆跑到勤勞劇團蹬上板車，又趕回方宅。袁秋華直挺挺躺在地上，全身是傷，簡直不敢相信這就是有容有貌，有聲有色的名角！天氣太熱，屍首很快會有異味。張氏兄弟來不及傷心落淚，馬上叫劇團造反派找出幾個人，好歹幫個忙，把袁秋華屍體抬到板車上。一個年輕人默默走來搭了把手，又默默上樓到臥室找來一舊床單，覆蓋好屍體。張萬興看了他一眼，竟是那個「莊周」。張萬興說還是自己去火葬場，也好辦理相關手續，儘管已經是個掛名的副團長。他叫萬隆留下來照顧方衍生、戴氏父女和石頭。

張萬興又大吃一驚！居然焚燒死人要排隊，而且場內根本進不去，只能在場外等著。場外就是大大的停屍場，許許多多等候焚燒的屍體，旁邊是同樣面帶死色的親屬。他先去辦理焚燒登記手續，等了很久，才輪到他。手續倒簡單，填一張表格，發了一個號和兩塊牌。一塊由家屬拿著，一塊插在屍首上。「日食一升，夜眠七尺。」人生至此，最後都是一堆碎渣和幾根骨頭。想到這裡，張萬興甚至很想跟著袁秋華一起離世，一切都已無可留戀。

黃昏已過，樹葉一動不動，連小鳥都不知躲到哪裡去了，好像都在等一場雨。從廣播喇叭裡傳來消息：說今天的焚燒工作結束，請家屬諒解。工作明天上午八時繼續。

聽完廣播，不少親屬離去，大半是找個小館子吃飯。

張萬興決定回家，吃個飯，打個盹，再來。

濃雲聚集，天地幽暗，沒有任何預示地下起了雨。那是一種細雨，纖小點滴，飄灑而來。在空中使人無法辨別，落在身上令人難以察覺，淡淡地、慢慢地沾濕人的衣服和肌膚，隱隱地感到冰涼。蒼天眷顧，大地悲憫。在水分滲透和寒意浸潤下，袁秋華有如一塊焦枯乾癟的苔蘚，復甦了。

他開始呼吸，乾枯的嘴唇一張一合。用牙咬了一下，耳根有點動，能聽到風的聲音。腫起眼睛的費力地睜開，慌亂無主地東看西看。兩側都是和他一樣的人，死人：平躺在地，白布遮身。目光最終落到自己身上，掀掉身上覆蓋的舊床單，試著伸出一隻手臂，看見袖子上是血。抬起一條腿，褲子上是血。他想起身，但太痛，也太重，一次兩次三次，他要坐起來，一定要坐起來！

坐起來了！他要回家。

回家！

⁂ **蕭長華**（一八七八—一九六七）客籍揚州，生於北京，京劇演員，教育家。十二歲在三慶班出臺，十五歲專工丑行，與眾多名家合作。二十七歲（一九〇四）開始出任喜連成科班（後改富連成社）總教習，主教丑行，兼及生、旦、淨各行角色。晚年出任中國戲曲學校名譽校長、教授，畢生培育人才不下千人。

煞尾

袁秋華如厲鬼遊魂，以淒幽之音叫一聲「開門」。

無人應答。

怎麼會無人應答？舉起雙手去推門，那門開了。

只見石頭坐在臺階正中，臉上抹著白粉，瞪著眼睛，神情警惕。他身後無人，無物，無聲。

雨停了，風搖曳。紅塵終有別，這座城市今夜少幾人？

2017春——2018秋　寫於北京守愚齋

《伸出蘭花指——對一個男旦的陳述》後記　章詒和

用二〇一八全年的時間寫出《伸出蘭花指——對一個男旦的陳述》，一個中篇小說。如果把準備和思考也納入其內，大概用了一年半。我投入了太多的感情，常常發呆，流淚。

曾在戲曲劇團工作，從寫劇本到疊戲衣；從演出前賣票到散戲後掃地；從一個編劇到現行反革命，直至成為罪犯。這裡有五光十色的舞臺，有記憶終生的恥辱。我是以戲曲研究為專業，對這樣的一番人生經歷，不會淡忘或任其流散。即使塵世再浮躁，我也要覓得片刻沉靜，一一寫下。正如我必須寫女囚的故事，以交代十年的牢獄生活。我現在必須寫出藝人的故事，以交代多年的戲班生活。

我最佩服老藝人，特別是男旦。他們被趕下舞臺，剝奪尊嚴，剝奪私產，過著卑微又可憐的生活。但個個本事大，儘管身上有些陋習，也絕不像一九四九年後培養的某些演員——本事不大，又俗又壞又功利，沒喝酒時是懦夫，喝了酒是暴徒。

用一則男旦的故事來承載戲曲的起伏與興衰，其間也蘊含著我對戲曲的一片深情。但寫著寫著，就寫不下去。二〇一八年一月二十五日，我給白先勇寫信，說：「自以為是研究戲曲的，也在戲班待過，想來不會太難。結果，要了命。寫得苦死，自卑感都寫出來了。」第二天，他作了回覆：「你寫戲班子的小說，一定是好看的，希望你要寫寫到底。裡面不能出，到外面出。」

人，需要堅持，也需要鼓勵。

戲曲是用絢爛的方式走向衰微，以創新手法埋葬傳統的。這在老外眼裡就是傳奇，也十分不解。從二十世紀開始，中國文學藝術一直尋求一條革命性加現代性的發展道路。與此同時，西方文明也極大地影響著中國的傳統藝術。內容的功利化加形式的西化，則始終貫穿和左右著百年中國傳統文化的發展。在這方面，戲曲藝術稱得上是個典型。

一九四八年，解放軍尚未開進北平城，梅蘭芳、程硯秋也許還不知《人民日報》為何物的時候，這家報紙在十一月二十三日，即刊出社論〈有計劃有步驟地進行舊劇改革工作〉。一點不含糊地說；「改革舊劇的第一步工作，應該是審定舊劇目，分清好壞。」「對人民有害的或害多利少的，則應加以禁演或修改……」接著點了五齣有害的戲：《九更天》、《翠屏山》、《四郎探母》、《游龍戲鳳》、《醉酒》。請注意！這裡出現了「禁演」二字。社論不是法規，措辭和口氣已儼然法規。

中共執政後，立即啟動了以強硬的政策和手段對傳統文化的改造。置於最前列的品類，就是文字和戲曲，大張旗鼓地搞「文改」（文字改革）和「戲改」（戲曲改革）。二者都是提到「國策」高度，並以掃蕩和清除的方式來進行。

為何如此對待戲曲？因為官方一直把戲曲的性質定為封建文化。儘管中共的許多首長喜歡看戲，但總體上視為落後的玩意兒。中共對戲曲的改造和胡適、陳獨秀等人的改良戲劇主張不同，它要求脫胎換骨，徹底乾淨，從思想內容一直改到技術、技巧、手法。蹺工是落後的，檢場是落後的，起霸是落後的，見皇上三跪五拜是落後的，一把京胡是落後的，「不分場」也是落後的，「大白光」也是落後的……總之，新政權對這個藝術樣式做出了根本性懷疑和批判。不知底細的梅蘭芳提出戲曲改革「移步不換形」的主張。官方沒有批評他，只是把刊登這篇文章的編輯給處理了。梅蘭芳乃何等聰穎之人，立刻懂了。乖乖的，啥都不說了。

「戲改」是從禁戲入手，是用一種制度性的力量推動整個過程，這種制度性力量體現在文化部專門成立的「戲曲改進局」，簡稱戲改局。它的工作方式就是用行政手段直接進入戲曲劇團的日常演出與創作。戲改局第一次會議便以中央政府名義頒布了十二齣戲的禁演。禁的理由是「有內容上的污穢、落後、色情、恐怖、迷信」等等。所禁之戲偏偏又都很有藝術特色和藝術成就，為廣大民眾所喜愛。別說是老百姓，毛澤東老人家雖說對傳統戲一向嚴厲批判，但他本人愛看的可都是老戲。怪吧？一點不怪，因為老戲，特別是名藝人演的老戲，煞是好看。

《伸出蘭花指》寫的是男旦。我在劇團期間與一些男旦成為好友。此後回到北京，進入中國藝術研究院，也與他們保持著聯絡。男旦一身的功夫，當然也有一身的毛病。京劇有個男旦，叫於連泉，藝名筱翠花。什麼叫風擺柳？要看他才知道。什麼叫女人走路？看真女人不行，要看他。我在小時候，跟著父親看過筱翠花的一齣戲，他演那個被宋江殺死的閻惜姣鬼魂，一出場走的「魂步」，就把全場「震」了。鬼魂輕盈飄浮，好似吹起的落葉在舞臺上遊蕩、盤旋。幾十分鐘的戲，能讓人記一輩子。

除了禁演的劇目，那些不禁演的戲也是要經過修改後，即經過「保存民主性精華，剔除其封建性糟粕」才可放行。這樣，在禁演與上演之間，就存在一個非常廣闊的搖擺地帶。既然需要經過修改後才能上演，那麼如何對待這類劇目的修改標準與尺度，在很大程度上就決定了傳統戲曲的命運。各級政府的文化機關都在禁戲、審戲、改戲，改不好就批戲。而這個審戲、改戲的工作又直接與文化官員的認識水平、個人修養、工作作風，緊密聯繫在一起，特別是看一個地區黨政一把手的認識和態度。可以說，戲曲改革的起起伏伏，藝人的生生死死，完全在於中共官員的寬寬嚴嚴和文藝政策的左左右右。

我反覆講過彭真做北京市一把手，能容許譚富英（鴉片）、裘盛戎（嗎啡）、馬連良（杜冷丁）以及關肅霜（杜冷丁）吸毒，也能容忍馬連良給解放軍唱戲要錢。今天的演藝圈吸毒大多是海洛因，從前梨園行的習慣是抽大煙。藝人以為抽大煙可以提神，還能潤嗓，其實害處是很大的。民國二、三十年，一般伶人都抽。舉個例子吧——京劇名藝人譚富英，出科搭班不久也抽上了。他不是自己主動去抽的，是父親叫他抽的，老人家覺得一來潤嗓，二來人的心思就簡單到一個「抽」上，好管束。譚富英每日吞雲吐霧，人愈發消瘦。有人形容說，秋季，人穿夾衫他穿棉；冬季，人穿棉衣他穿皮。後台乍見譚老闆，還能唬一跳，髮長而面青。可等他「扮」上，就容光煥發了。煙癮過足後，嗓子也大亮，且越唱越亮。這個「抽」的習慣，經彭真特批保留到一九六六年「文革」破「四舊」，抄家抄出煙槍為止。

官方提倡的思想改造和戲曲改革，是從生活的文化姿態和藝術的文化表達兩個方面，一齊動手。從「戲改」到「反右」，成功實現了國家、政黨對劇團、劇目、演員的全面控制：從吃飯到住房，從戶口到結婚，從演出到放假，從思想到行為，都由「單位」控制，「單位」則被黨團組織控制。也就是說，黨團組織以制度化方式實行了從對劇團到演員，從政治思想到藝術業務最有效的管理。幾十年間，戲曲只有一九五六—五七和一九六一—六二兩個極為短暫的相對比較寬鬆的時期。短暫得沒有痕跡，也無更多的成果。一九六四年以後，官方開始自上而下地提倡現代戲，現代戲的概念不單是時間概念，更多的是指革命歷史題材和一九四九年後的社會主義時期，凸現意識形態色彩。

革命的領導者以各種方式、方法提醒和教育知識分子和藝人：在戲台上別看你們光芒四射，但在革命面前、在政權面前，在無產階級面前，你們都是無知、無力，無能，也無用。藝人台上唱什麼，文人筆下寫什麼，都得聽從領導，服從於政治。不斷的政治運動使藝人從裡到外、從形到神，不斷地進行簡化，淺化、粗化和「淨化」。其實，毛澤東從延安時期開始，就在竭力宣傳和提倡思想標準化與生活標準化了。到了「文革」，則發展成為以暴力手段進行個人情感與生活方式的徹底改造。

有人問了：對戲曲藝術的改造，他們不抗爭嗎？問題是他們拿什麼抗爭？傳統文化，特別是民間藝術，儘管流傳久遠，有著豐厚的實踐成果及其經驗，卻沒有建立自己理論體系。拿戲曲來說，自十二世紀的宋代以來，中國就產生了數量可觀的對詩詞曲話、曲律曲譜、戲曲小說的序跋評點。這一漫評雜談和實錄形式，成為中國戲曲學科理論的獨特樣式。在嗣後的數百年時間裡對戲曲實踐起到了推動作用。到了二十世紀，由於有像王國維這樣的國學大師涉足，中國戲曲研究才成為一門學科，一門學問。因為視野緊窄，手段拘囿，也缺乏一定的理論感和思辨性。因此就其藝術本質、本體研究而言，中國戲曲理論始終處在十分微弱稀薄的階段。別說跟馬列的文藝理論對抗，它也不是蘇聯的斯坦尼斯拉夫斯基戲劇理論體系的對手。

藝人、包括有成就的藝人又是一個脆弱的群體，舞臺適應性強而生活適應性差。

他們既難以像文人那樣做到對現實人生的精神超越，也無法像農民那樣守著一份審慎安分的卑微心態。一旦覺得生活裡沒了樂趣，舞臺上沒了位置，啥念頭都能生出來。所以，他們中的許多人私下裡都羨慕梅蘭芳——羨慕他能迅速地離開人世。梅蘭芳死得那麼安靜。如果從前還是在悲悼一個藝術生命的過早結束，那麼現在則慶幸一個生命藝術的提前完成。

一九七〇年北京城的一個傍晚，裘盛戎和給他整理「談藝錄」的一個朋友，在和平門相遇。裘盛戎面容消瘦，兩人相對無言，一場「文革」給人以隔世之感。

友人問：「您從哪兒來？」

裘先生答：「剛看病回來。」

「什麼病？」

「大夫說腸子有疙瘩，也許是癌。」一副毫不在意的神情。

友人說：「您怎麼還逗呀！」

臨別，裘盛戎用眼睛直直地看著友人，小聲地試探著問：「咱們的東西（指《裘盛戎談藝錄》），丟了嗎？」

友人搖搖頭，沒說什麼。分手了，也永別了。

這個細節，是我從這位友人後來撰寫的文章裡讀到的，每一個字都讓人心痛。儘管後來裘派藝術獲得極大盛譽和廣泛普及，繼承人頗多，有「十淨九裘」之說。但藝術家本人生前未獲應有的人格尊重，是絕對不可原諒的！後來，這些頂級藝人都由相關單位舉行過「誕辰××週年」的紀念會。文化官員和藝人子女都登台講話，表達緬懷之情。這有什麼用？頂多是個安慰。

藝人踏著舞臺的波濤而來，被革命的狂濤裹挾而去。兩波之間，請扳起手指算算：他們的藝術生命攏共才有多少年？

《蘭花指》之後，我大概不再寫小說，也許不再寫伶人。

這是我的歸結，也是我的告別。

2017 春 —— 2018 秋　寫於北京守愚齋

伸出蘭花指：對一個男旦的陳述 / 章詒和著. -- 初版. -- 臺北市：時報文化, 2019.01
面；　公分. -- (新人間；278)
ISBN 978-957-13-7695-0(平裝)
857.7　　　　107023674

新人間 278

伸出蘭花指

對一個男旦的陳述

作者	章詒和
主編	李國祥
美術設計	朱疋
旦行手勢繪圖	趙胥
編輯顧問	李采洪
董事長	趙政岷
出版者	時報文化出版企業股份有限公司 108019 臺北市和平西路三段二四〇號三樓 發行專線：02-25306-684 讀者服務專線：0800-231-705・02-2304-7103 郵撥：19344724 時報文化出版公司 信箱：10899 臺北華江橋郵局第 99 信箱
時報悅讀網	http://www.readingtimes.com.tw
電子郵件信箱	genre@readingtimes.com.tw
法律顧問	理律法律事務所 陳長文律師、李念祖律師
印刷	勁達印刷股份有限公司
初版一刷	二〇一九年一月十八日
初版二刷	二〇二〇年七月九日
定價	新臺幣三五〇元

時報文化出版公司成立於一九七五年，
並於一九九九年股票上櫃公開發行，於二〇〇八年脫離中時集團非屬旺中，
以「尊重智慧與創意的文化事業」為信念。